閃耀的童年 2

必讀溫情故事 50 篇

你喜歡閱讀有趣又動人的故事嗎？「好孩子系列」
爲你準備了 50 篇有關溫情的短篇故事，篇篇精彩，
你或會在故事當中找到你的家人、同學、鄰居，甚至
自己的影子，讀後又會對人的情感多了一些感悟和反思。
你準備好要成爲一個充滿情感的人了嗎？
那麼我們就開始這趟閱讀旅程，
來看看故事中的孩子如何活出閃耀的童年吧！

編著
徐振邦｜張彩慧｜文婷｜曾映如

導讀

香港閃小説學會

為了宣揚正向思想，讓學生明白品德教育的重要性，香港閃小説學會繼續以短篇小説的形式，推出《閃耀的童年2》，藉以用簡單易明的小故事來説明大道理。

「閃耀的童年」的意思，就是要展現小朋友燦爛而正向的童年生活；另外，當中的「閃」字，説明了文章採用只有600字以內的閃小説形式編寫。因此，書名已開宗明義，清楚指出這本書帶有：正向思想、品德教育、燦爛生活、閃小説等多種元素。

至於副題是「温情故事」，就是以「情」為中心思想，包含了親情、友情和鄰情三個類別。我們認為，小朋友最容易感受到的，是來自家人與親戚的親情，所以書中關於親情的分量，也是佔最多的。其次，小朋友能體會到的情，應該是來自同學和朋友之間的友情。最後，還有一種能接觸到的情，是與小朋友的居住地方有關，即來自社區、鄰居的鄰里感情，稱為鄰情。

香港閃小說學會的成員張彩慧、文婷、曾映如和徐振邦，以親情、友情和鄰情三個方向，合力編寫了50篇閃小說。在每篇閃小說後，還附上文章的中心思想，方便家長或師長進行伴讀時，作出適當指導；而小朋友亦可以透過小說的中心思想，進一步了解箇中的大道理。

《閃耀的童年2》是聰明館專誠為學生，以及其他對閃小說有興趣人士，提供優質閱讀素材的趣味專書。

目錄

{親情篇}

全家福……010
跟屁蟲……013
廁所爭奪戰……016
暴雨……019
團年飯……022
誰是自私鬼……025
幫忙……028
滿分小孩……031
我要支持環保……034
待……037
更年期媽媽……040
陳家三兄弟……043
過山車……046
爐底麥……048

一個麵包 051
尋人啟事 054
無言的陪伴 057
禮物 060
龍眼的季節 063
爺爺的哥哥 066
溝通 069
仙人掌 072
十號風球 075
二叔 078
綁頭髮 081

{友情篇}

吹牛大王 085
都是你的錯 087
4D 動物園 090

比賽 093
不要跟他玩 096
你們真的很討厭 099
生病 102
開玩笑 105
獎券 108
畢業 111
學霸 114
如果…… 117
最美味的午餐 120
變形朱古力 123
摯友 126

{鄰情篇}

樂樂的新鄰居 130
巫婆 133

失蹤了的梁叔叔 136
颱風天 139
停在頭上的蜻蜓 142
李婆婆的孫子 145
鄰・家 148
牧童笛的和唱 151
最美模特兒 154
早餐計劃 157

推薦語

兒童文學作家 ***潘明珠***

兒童在溫飽愛中成長，要珍惜懂事，
悅讀中自有閃耀未來！

小說作家 ***殷培基***

每一頁記下的人間溫暖，
正好告訴當代人要牢牢記住，在我們的生活中保持溫度，保守善良。

少年小說作者、教育工作者 ***袁兆昌***

微型小說篇幅短小，看似適合孩子閱讀，卻因歷來經典與佳作均有各地文化差異，要孩子先了解作者背景、文化環境，才學習欣賞作品，還是困難重重。

這本書收錄的作品，大都源於本地生活，故事明快又親切，讀來就是一個個來自香港作家手筆的佳作，值得讓全港學生細讀。

親情篇

全家福

曾映如

「紅色裙的是媽媽，白色裙的是我，在地上爬的是弟弟。」凱晴拿着畫作跟媽媽介紹。

「爸爸呢？」媽媽問。

「爸爸要加班，不在畫裏。」她把畫作放入書包。

「不如把爸爸也畫上去吧。」媽媽説。

「不要，他都不回來吃晚餐，我經常見不到他，不要畫他。」凱晴堅決地説。

「爸爸工作很辛苦的，如果他知道畫中沒有他，可能會很傷心。」媽媽替爸爸求情。

「他不愛我，我也不愛他。」説罷，她便跑去跟弟弟玩耍。

當天爸爸下班回家，兩姐弟已經熟睡了，媽媽把畫作拿給丈夫看，他看完不發一言，獨自坐在餐桌旁。

翌日，凱晴甫出房門就露出難以置信的表情，爸爸居然起床陪她吃早餐，他還向凱晴展示了一幅畫作。

畫中是一個壯碩的男人一手托起一個小女孩，一手托起一個小男孩，身旁是一位溫柔的女士，背後是一間色彩繽紛的大屋。

「這是爸爸昨晚畫的，漂亮嗎？」他問。凱晴噘着嘴，默不作聲。

「對不起，爸爸不應總是忙着工作，忽略了你……」爸爸還沒説完，凱晴便搶着説：「你已經兩個星期沒有給我講睡前故事了！你都不愛我！」

「對不起，爸爸會改的，你可以原諒我嗎？」爸爸問。

「嗯，你每晚都給我講故事的話，我便原諒你。」

「好，我會努力的，那麼……你可以在你的全家福加上爸爸嗎？」爸爸問。

「嗯，我可以用你這幅去交功課嗎？我覺得爸爸畫得比我的漂亮。」凱晴笑嘻嘻地問。

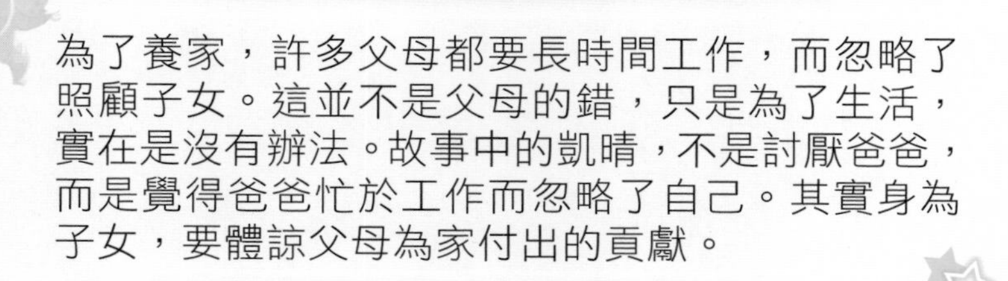

為了養家，許多父母都要長時間工作，而忽略了照顧子女。這並不是父母的錯，只是為了生活，實在是沒有辦法。故事中的凱晴，不是討厭爸爸，而是覺得爸爸忙於工作而忽略了自己。其實身為子女，要體諒父母為家付出的貢獻。

跟屁蟲

曾映如

「太好了，明天去迪迪尼！我要戴米奇頭飾！」姐姐在鏡子前面擺出拍照姿勢。

「……迪迪尼……」妹妹也開心得合不攏嘴。

「我應該穿公主服嗎？但公主服又不方便玩機動遊戲，怎麼辦？真令人苦惱，唉！」

「公主服！怎麼辦！」妹妹跟着姐姐托下巴。

「算了，還是穿米妮上衣配短褲吧。媽媽！我那件白色的米妮上衣在哪裏？」姐姐往客廳走去，妹妹一直跟在她後面。

姐姐終於打點完畢，轉身發現三歲的妹妹，有點訝異。「你怎麼還不回自己的房間？不要整天都黏着我，很煩人！」她一邊送妹妹到房門外，一邊説：「明天我們各玩各的，我可不想整天都在看巡遊。」

翌日，姐姐安排媽媽照顧妹妹，讓爸爸帶自己去玩機動遊戲，妹妹拉着媽媽的手，想跟上姐姐的步伐，但姐姐已快步走去排隊玩機動遊戲了。

「晴晴真麻煩，整天跟着我，又説一些我聽不明白的説話……」姐姐排隊的時候趁機向爸爸抱怨，正當爸爸準備回應她的時候，前方傳來一陣騷動，原來是一個小女孩摔倒了。

「給你吃。」受傷的小女孩向比她年長的男孩遞上一粒爆米花。

「哥哥不吃了，哥哥幫你吹吹，傷口便不痛了。」小男孩在妹妹的傷口上輕輕地吹了幾口氣，旁觀的大人都誇小男孩懂事，他卻紅着臉説：「因為我只有一個妹妹。」

「你的『跟屁蟲』來了。」爸爸指着前方。

姐姐看見晴晴抱着一盒爆米花，搖搖擺擺地向她走來，她馬上離開隊列，上前接過爆米花，拖着妹妹的小手，一起排隊。

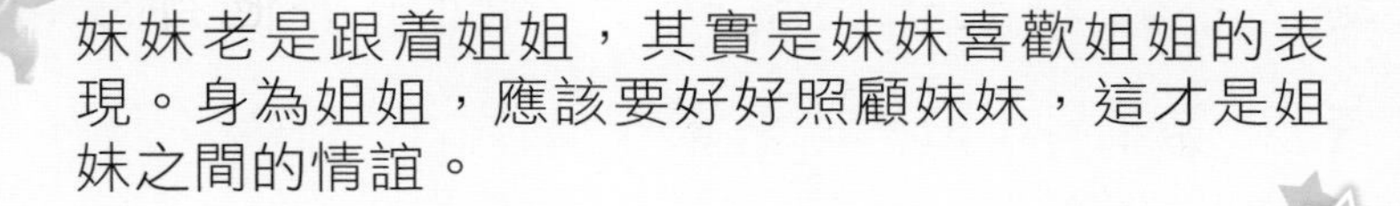

妹妹老是跟着姐姐，其實是妹妹喜歡姐姐的表現。身為姐姐，應該要好好照顧妹妹，這才是姐妹之間的情誼。

廁所爭奪戰

張彩慧

在面積不到二百呎，卻住了四口人的田家，廁所是家人必爭之地，當中以上課日的早上和夜晚最為激烈。

開學第一天，度過漫長暑假的小田許久沒試過早上六點起床，於是賴了一會床。在這短短的十分鐘內，大田已奪得廁所使用權。大田除了在廁所刷牙洗臉， 還需要在有鏡子的洗手間捲髮、換衣、化粧……

小田在手機上設了三個鬧鐘響鬧時間，這只能把小田從睡夢中拉出半個身子，另一半的身子仍在睡夢的世界裏。直到大田衝進廁所，用力拉廁所摺門發出聲響，這才讓小田完全驚醒。小田的第一反應是：「 糟了，姐姐進去後，至少要半小時才能出來。」

「姐，好了沒？我肚子疼。」小田好巧不巧，這個時候感覺到肚子脹痛，急需馬桶支援。小田躺在床上的呼叫聲感覺沒有穿透這扇摺門，她只好提高聲量，並砰砰砰地拍起門來。

在廚房的媽媽聽到了，也不由得加入弱勢陣營。「大田，你出來對着手機鏡頭化粧吧。妹妹快忍不住了。」

任憑這扇廁所摺門外面雷雨交加，廁所內還是順暢無阻地進行各項流程。

「你妹妹夾着屁股，蹲在門口等你呢。」田媽實時匯報戰況。

終於聽到動靜了——洗手盆的水聲停了。接着摺門往一邊靠攏，小田就衝進去了。「給你十分鐘，超時我就衝門而入。」媽媽發現小田過於緊急，忘記把門扣扣上，於是限制

使用時間。

最後輪到媽媽，媽媽看着巴士的到站時間，心裏慶幸時間尚算充裕。當媽媽擠好牙膏、準備照着鏡子刷牙時，身後出現了田爸的身影。

家裏居住環境擠迫，很容易發生磨擦，尤其是在家中爭用廁所的激烈場面，正是不少人家中的實況。主角小田一家爭用廁所，情況還不算糟糕，至少家中各人都能排隊按時使用廁所。

暴雨

文婷

隆隆的雷聲過後，不一會兒，豆大的雨從天而降，街上的行人紛紛躲進屋簷下，金明看着天發呆，只希望這場雨能快點停下來。

放學鈴聲響起，同學們按照班級次序到樓下排隊，等候家長接送離開。金明坐在一旁，他知道，今天不會再有人來接他了——因為爸媽分開了；加上他已經是高年級，從這個學期開始，他要學習自行回家。可是，由於他沒有帶傘，只能坐在一旁，等雨停下來。

鄰桌小敏的媽媽來接她了，只見小敏媽媽熟練地接過小敏的書包，然後遞給她一把傘。「淘氣鬼」楊洋的爸爸來了，儘管他們只有一把傘，但楊洋爸爸一手就把楊洋摟進懷裏，把傘的半部分傾斜到楊洋的那一邊，走進了暴雨簾裏。雨還是繼續下着，要是按照往常，媽媽一定會在門口出現。想到這裏，他突然有點想哭，心想：爸爸要五點才下班，難道要等到五點嗎？

人越來越少，金明越感孤單。突然他微微地聽見有人喊：「金明！」他以為自己聽錯，猛然一抬頭，便看見了媽媽，只見她的髮絲濕了，褲管也挽到了膝蓋處，正熱情地向他招手呢！金明的眼眶頓時有些紅，正當他準備離開校園時，爸爸也拿着傘趕到了門口。

「我還以為今天會沒有人來接我呢！」

「傻瓜，我不來接你，下這麼大雨，你怎麼回家呀！」

「別擔心，就算媽媽沒空，爸爸也會來接你的。」

「媽媽先陪你們去吃點東西再走，還是去你

最喜歡的『檸檬冰室』吧！」

這時，金明覺得暴雨也沒那麼可怕。

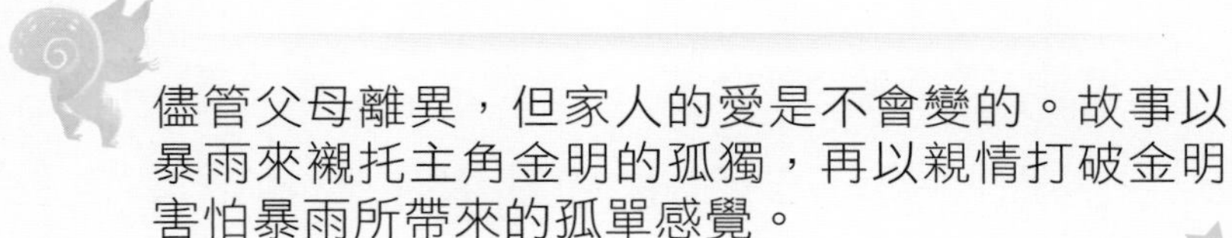

儘管父母離異，但家人的愛是不會變的。故事以暴雨來襯托主角金明的孤獨，再以親情打破金明害怕暴雨所帶來的孤單感覺。

團年飯

曾映如

「噓！你們小聲點，媽媽不喜歡這麼嘈雜！」麻將桌旁的大人不約而同望向盼盼，他一邊數算自己的紅包，一邊喃喃自語：「媽媽說紅包要交給她保管，等我長大就可以拿來娶老婆。」

大人放慢了洗牌的動作，望着盼盼的爸爸，他卻默不作聲。沒有人提醒盼盼，媽媽已經缺席團年飯三年了。

「盼盼，可以分兩個紅包給叔叔嗎？叔叔輸了好多錢呢！」叔叔嘗試轉移他的注意力。

「不行！媽媽最討厭賭博了，我才不幫你。」盼盼把紅包疊好，放進衣袋。

「哈哈！盼盼真乖，阿姨獎你五十元，跟堂哥一起出去買零食吧！」阿姨企圖緩和氣氛。

「謝謝阿姨，但剛吃完團年飯，我還不餓，

我想在家等媽媽。」盼盼挑選了一本漫畫，躺在沙發上翻閱，雖然還不太識字，但他還是看得津津有味，不時哈哈大笑。

「盼盼，你的媽媽今年也回不來了，她……」阿姨不忍看着侄兒痴痴地等待不能歸家的母親，打算告訴他真相。

「叮噹！」這時，門鈴響起。

「是媽媽！媽媽回來了！」盼盼迅速從沙發彈起來，向門口飛奔。

「盼盼！快回來！不是你媽媽，因為還沒通關，暫時回不來！」阿姨喊住盼盼。

盼盼止住腳步，低下頭，向麻將桌旁的阿姨走去，眼睛閃爍着淚光。阿姨一手把他摟在懷裏，哄着說：「明年吧！明年她應該可以回來陪你過新年。」

「叮噹！」門鈴再次響起。

這次是盼盼的爸爸馬上跑去開門。

「為什麼這麼遲才開門？你忘記了我在這個時候回來嗎？」門外站着剛完成十四日隔離的媽媽。

屋裏的人都愣住了，只有爸爸和媽媽露出滿意的笑容。

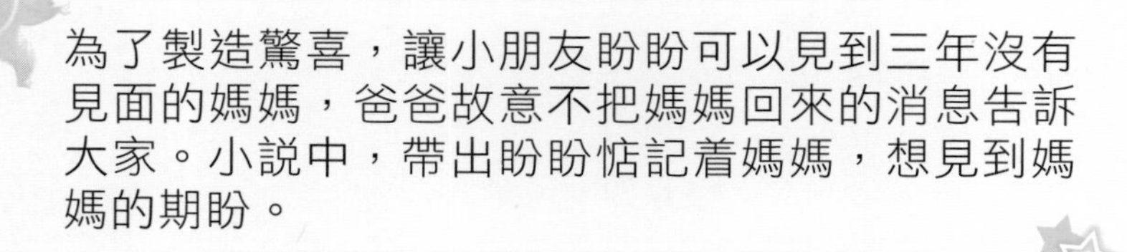

為了製造驚喜，讓小朋友盼盼可以見到三年沒有見面的媽媽，爸爸故意不把媽媽回來的消息告訴大家。小說中，帶出盼盼惦記着媽媽，想見到媽媽的期盼。

誰是自私鬼

文婷

文文和杰杰是孿生兄弟，他們一起長大，一起上學，互相幫助，也互相爭吵，家裏常常吵得不可開交。張爸常看着「雞飛狗跳」的兩兄弟，只得頭疼地捂住耳朵。

誰知道，最近的暴力程度升級了，他們常常互罵對方為「自私鬼」。起因很簡單，為了鼓勵孩子們在家承擔家務，改掉亂買玩具的壞習慣，張爸表示不會再給他們買玩具，而是實行獎勵計劃，自己「賺錢」自己買，並且列出了各種獎勵的款項，例如洗碗一次，將會獲得五元獎勵，倒垃圾一次，將會獲得八元獎勵等。兩兄弟都為了獲得更多的獎勵買心儀的玩具，爭着做家務，但爭吵也隨之而來。

「你已經倒了兩次垃圾，這次總該輪到我

了吧！」

「上次能賺最多錢的晾衣服已經讓你做了。」

「才不是，你比我多洗一次碗。」

「你個自私鬼，想把錢全部都賺光光。」

「你才自私，每次都搶着做最多錢的家務。」

爸爸不再給他們買玩具，可同學們都在討論最近最流行的樂高玩具和模型，哥哥想要樂高玩具，弟弟想要模型，兩樣東西都不便宜，所以兄弟倆常常因為搶做家務，爭得面紅耳赤。

轉眼間，兩兄弟的生日快到了，兩人都籌集了不少的獎勵金，張爸帶着他們兩個到商場買禮物。

吹完了生日蠟燭，張爸感慨地說：希望他們少點爭吵，多點和睦相處。

文文不樂意地說：「他那個自私鬼才不會

呢！」説着，便扭扭捏捏地從身後拿出禮物到杰杰跟前。

杰杰也不甘示弱地將禮物伸到文文跟前説：「究竟誰才是自私鬼？」

兩兄弟禮物拆開，文文看着手裏的樂高玩具，杰杰看着模型，兩個人都笑了。

兄弟之間，難免會有爭吵的時候。文文和杰杰喜歡吵吵鬧鬧，但並不代表他們不關心對方。故事中的兩兄弟，其實是為對方買禮物，才會爭做家務來賺錢。兄弟之間的情，就是這樣的錯綜複雜。

幫忙

文婷

阿昌如常登上57M巴士，終點站通往山景邨——他的家。

阿昌木然地望着窗外的商舖，直到某站，一位身穿斑點紅衣裳的中年婦女走了上來，左手拿着一袋蔬果，右手挽着兩隻冰鮮雞，正艱難地從手挽袋中拿出錢包付車費。

他站了起來，將自己的座位讓給了那婦女。那婦女看着他笑笑，表示感謝。他沒有做過這樣的事，因為在精神緊張了一整天後，下班時間能佔得一席座位打一下盹，是再好不過了。

「那個……太太，我們好像同路呢！需要我幫忙拿一拿東西嗎？看你從這站下車，想必也是街坊吧！」

那紅衣太太嚇了一跳，看清來人，又不好意思地忙擺手說：「不用不用，剛才你已經讓座給我了，怎能再麻煩你呢！」

然後，他說着：「不麻煩、不麻煩。」拿起了太太的一袋蔬果。

✦✦✦✦✦

時間似乎來到那個傾盆大雨的午後，媽媽拿着重重的菜，渾身濕透地回來。

為什麼不幫她撐一把傘呢？或是拿一拿菜呢？雨下得是那樣的大，連褲腿也濕透，手裏還拿着許多今晚將為他準備豐盛晚餐的食材，連手臂也勒出細痕。

那時還年少的他，只記得看見媽媽讓他幫忙的訊息後，毫不在意地看着電腦，他的遊戲局才剛開始，又怎麼能離開？何況今天的運氣不錯，說不定有機會獲得五連冠呢！

睡覺前，阿昌看着天花板，喃喃道：「媽，我今天在巴士上看見一個跟你長得很像的人，她也有一件紅色斑點衫呢！我讓坐給她，還幫她拿東西……」

房間只剩下時鐘滴答滴答的聲響。

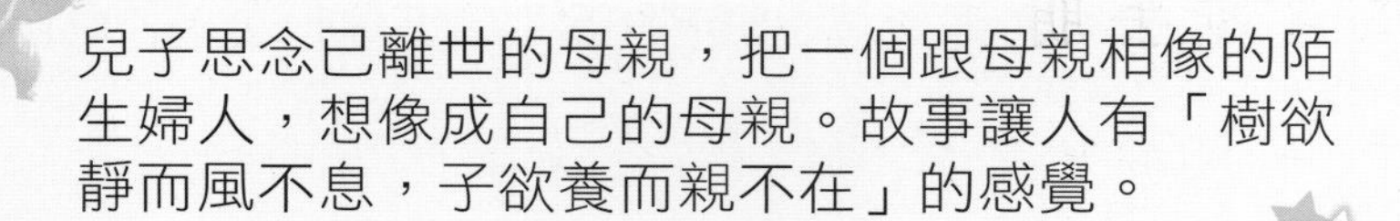

兒子思念已離世的母親，把一個跟母親相像的陌生婦人，想像成自己的母親。故事讓人有「樹欲靜而風不息，子欲養而親不在」的感覺。

滿分小孩

文婷

看着琪琪的默書本上，有老師劃出鮮紅的一百分，媽媽讚許她說：「琪琪真棒，得了滿分呢！」

琪琪讀書認真，總是能夠取得好成績，媽媽每次都要誇獎琪琪，直到上個星期二。

那天是派發數學測驗卷的日子，當老師念到琪琪的名字時，有些遺憾地說：「太粗心了呢！下次記得要細心一點。」看到卷面上的八十分時，琪琪心裏一沉，畢竟，數學是她最擅長的科目，她可從來沒有得過這樣的分數。腦海裏隨即出現的，是媽媽看到這張卷子時，露出不滿意的表情，還可能駁回她這個星期去朋友家玩的要求。想到這裏，接着一整節課，她都沒有聽進去多少，在忐忑間便到了放學時間。

回到家後，媽媽果不其然地問琪琪數學測驗卷派發沒有。琪琪支支吾吾，最後也只得將卷子拿給媽媽看，然後便緊張地將頭低下，等待媽媽「發落」。

「嗯，做題的時候不夠細心呢，有好幾道題目都是算錯數，下次我們多做些算數練習來提升一下。」

琪琪不敢相信地抬起頭來：「是我太粗心了，很簡單的數都算錯。媽媽……我考得不太好，你會不會就不喜歡我了？」

「這次做得不好，但能從錯誤中學習，吸取教訓，爭取下次做得更好，這樣也很棒呀！媽媽也不是每件事都做得完美滿分，所以就算你不是滿分小孩，媽媽也愛你呀，我們要一起進步！」

那顆一直懸着的心，就這樣落地了。

「媽媽，我下午想去小花的家，幫她慶祝生日，然後回來，我會多做一頁數學練習。」

「好的，你要準備什麼禮物去呢？」

正所謂：「求學不是求分數。」我們不應該憑分數的高低，去判斷一個人的成就；而媽媽愛惜子女，更不會用分數作為指標。小說中提到「能從錯誤中學習」，才是重點所在。

我要支持環保

張彩慧

最近一段時間，小陶成為「環保先鋒」，他的口頭禪是「我要支持環保」。

✦✦✦✦✦

第一幕：媽媽催小陶洗澡時

「媽媽去做飯，你先去洗頭洗澡。」兩人剛踏入家門，準備脱下外套、並換家居鞋時，媽媽指示小陶。

「不，我要先做功課。」小陶背着書包，徑直走入房間。

媽媽唯有按照小陶的意願，等到小陶先做完功課。然而，在吃完晚飯後，媽媽再次叫小陶去洗澡，小陶一想到脱衣服和剛洗完澡、身體沾着水珠時的情景，就不自覺打了一個冷顫。他對媽媽坦白：「我不想洗澡，我要支持環保。」媽媽搖搖頭。

✦ ✦ ✦ ✦ ✦

第二幕：媽媽讓小陶洗碗時

「媽媽做的菠蘿咕嚕肉好吃嗎？」

小陶嘴裏咬着肉，似乎用行動做了回應——美味。

「小陶，你明天放假，你幫忙洗碗，好嗎？」

小陶點了點頭，表示可以，他接着補充道：「媽媽，我明天再洗。」

媽媽表示驚訝。小陶解釋：「我們把碗筷堆積多些再洗，可以節省洗潔精和水。就像堆積要洗的衣服那樣。」媽媽不答應。小陶急了，叫嚷道：「我要支持環保！」

✦ ✦ ✦ ✦ ✦

第三幕：小陶想買心儀的玩具時

小陶突然把剛買不久的搖搖、會叫的恐龍

玩具、發光小手槍一一裝進環保袋。他告訴媽媽，這些玩具已經舊了，要拿去回收。

媽媽皺起眉頭：「這些玩具不是暑假剛買的嗎？」

「媽媽，我要支持環保。」媽媽從這句話中意識到不妙，問：「你是否看中了什麼新玩具？」

小陶的小心思被看穿了，呵呵地笑了起來。媽媽將計就計説：「我要將你一併裝進環保袋，拿去回收。我都想要支持環保。」

媽媽了解小陶，一舉一動也看在眼裏，所以，馬上配合小陶，一起當上「環保分子」。究竟最後，媽媽有沒有買玩具給小陶？這個並不重要，因為文中已清楚道出母子二人，有着很好的感情。

待

文婷

「媽媽，待我考試得了一百分，你帶我去迪士尼樂園吧！」

「好呀，還可以加獎一頓麥當勞，好不好？」

「媽媽，待我放榜了，能讓我和同學去一次泰國玩嗎？」

「好呀，年輕人就是要見見世面，要多少錢？」

「媽媽，這個星期工作很忙，要趕進度呢！待我稍有空閒再約你吃飯吧！」

「好的，但工作再忙也要保重身體！」

「媽媽，最近跟佳佳吵架，這個周末就不回家吃飯了，待下個周末再講吧！」

「好呀！要多照顧女朋友，兩個人才會長

久呀！」

「媽媽，最近在忙搬家，待過了這段時間，我們兩個再上去給爸爸補過生日。」

「沒什麼關係，我們都一把年紀了，生日不生日的，都無所謂了。你需要媽媽去幫忙嗎？」

「媽媽，佳佳的預產期在下兩個月，最近都沒什麼時間見你們一面。待小孩出生，才回來看你吧。」

「傻兒子，照顧好佳佳比較重要，你們的月嫂定好了嗎？媽媽要不要來幫你？」

「媽媽，家庭旅行我就不去了，下個星期就是女兒的期末考試了，你和爸爸玩得開心點，待女兒考完試，我們再約吧！」

「好的，期末考試可馬虎不得。」

「媽……媽……，你為什麼就走得這麼急，不能等一下我呢！」

每個人都有不同的等待。母親惦念兒子，無時無刻都等待着兒子；兒子卻把母親放在第二位置，老是要母親等待。故事以對話形式來說明母親對兒子的愛。

更年期媽媽

文婷

「女性在四十五至五十五歲期間，會開始步入更年期。」

「老師，更年期的女性會有什麼變化嗎？」

小明第一次捕捉到「更年期」這樣一個新穎的名詞，便迫不及待舉起手來。老師娓娓道來：「就是女性到了一定年齡後，受到荷爾蒙的影響，可能會出現心情焦躁的情況。」小明似懂非懂地點點頭。

「小明，功課做完了沒有？」

「小明，說了多少次了，用完的東西要放回原地，總是要我給你收拾！」

「小明，下星期的小測你温習了沒有？」

小明在心裏默念：媽媽到了更年期，別惹她，別惹她。於是他馬上應聲道：「我做完功課，也温習好了，等下就去收拾我的房間。」

媽媽看見小明立馬放下手中的遊戲機，走向臥室，媽媽頓時就愣住了。通常這個時候，他總要忍不住嘀咕幾句：「收拾這麼乾淨有什麼用，下次再拿東西就亂了。」「整天就只會叫我温書温書，我休息一下不可以嗎？」

「他不是闖了什麼禍吧，才表現得這樣乖巧懂事？」媽媽心裏想。

直到晚餐時，媽媽才忍不住問小明是不是在學校做錯了什麼。

小明才慢吞吞地說：「媽媽，我知道你生病了，對我才這麼急躁的，我以後會更加體諒你的！」

「我生了什麼病？誰說的？」

「更年期呀！我們老師告訴我的。」

「小傻瓜，媽媽還沒到四十呢！沒到更年

期，媽媽承認，對你確實急躁了些，媽媽會改改的。」

小明才知道，媽媽沒有到更年期，她依舊還是像個大蜜蜂一樣，在他身邊嗡嗡嗡，都是因為很愛他。

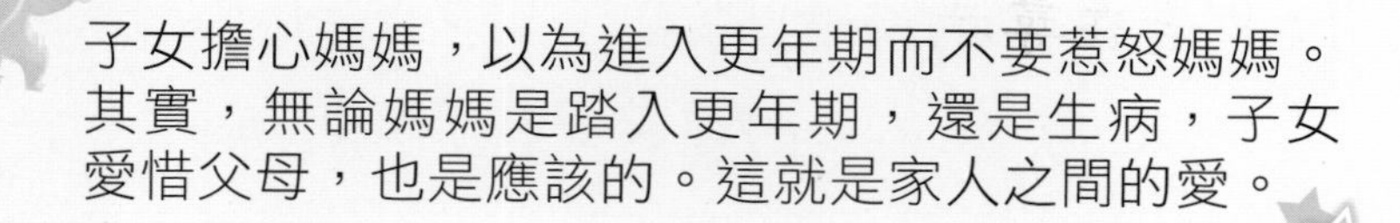

子女擔心媽媽，以為進入更年期而不要惹怒媽媽。其實，無論媽媽是踏入更年期，還是生病，子女愛惜父母，也是應該的。這就是家人之間的愛。

陳家三兄弟

徐振邦

陳家有三兄弟，在同一間小學唸小學六年級。這三兄弟感情如何？沒有人知道。然而，許多人都知道的，是他們三人經常在吵吵鬧鬧。

三兄弟是三胞胎，以為彼此之間的感情會特別好，殊不知，他們只懂爭執。無論是大事，還是小事，都要爭個不休，幸好只是口舌之爭，從來沒有試過大打出手。總之，他們三人走在一起，經常是吵鬧得沒完沒了。

這天，三兄弟在公園玩耍時，為爭玩秋千而起爭執。正當他們吵得臉紅耳熱之際，一個形跡可疑的人，鬼鬼祟祟地在他們身邊經過，似乎是在尋找機會，想做一些非法的勾當。

那個人走到一位老爺爺身邊，用力推跌了

老爺爺，然後搶走了他的錢包。整個犯案過程映入三兄弟的眼裏。

三兄弟很有默契地作出反應——決定要伸張正義。

大哥走到老爺爺身邊，扶起他，並掏出自己的手提電話報警；二哥靜悄悄地跟着匪徒，不要被那個人逃脫；三弟馬上找途人幫手，協助追捕匪徒。

警方迅速趕到現場，跟途人一起追捕匪徒。經過一輪的追捕，終於將匪徒繩之於法。

這次能夠逮捕匪徒，就是三兄弟合作的成果。他們三人英勇而果斷的行為，換來了眾人的掌聲。

大哥自豪地說：「我的功勞最大，這是不爭的事實。」

二哥爭着說：「全賴我的指揮才能取得成

功⋯⋯」

三弟也不甘示弱：「沒有我，你們根本不能成事。」

就是這樣，三兄弟為了爭功勞，又再次爭吵起來。

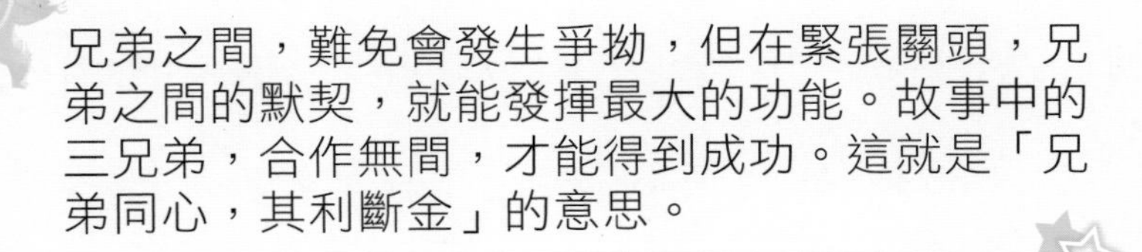

兄弟之間，難免會發生爭拗，但在緊張關頭，兄弟之間的默契，就能發揮最大的功能。故事中的三兄弟，合作無間，才能得到成功。這就是「兄弟同心，其利斷金」的意思。

過山車

曾映如

「快點，再快一點！」兒子舉起雙手，感受涼風。爸爸按下加速掣，全速前進，沿途引起不少人的注意，但他們奇異的目光都被兩父子的笑聲淹沒了。

「下坡，準備好了嗎？」爸爸問。

兒子緊握座椅扶手，身邊往後靠在軟軟的座墊上，大喊：「準備好！」爸爸左手摟住兒子，右手控制方向，在斜坡滑下，因為他知道兒子最喜歡和他坐「過山車」。

✦✦✦✦✦

五年前，在兒子出生前的三個月，他因為交通意外失去了雙腿，下半輩子都要在輪椅上度過。有一天，妻子讓他幫忙照顧兩個月大的兒子。他抱過哭鬧的嬰兒，柔聲說：「熙熙乖，不要哭了，讓媽媽睡一會兒吧！」兒子睜大眼睛，靜靜地觀察他，他才發現原來自己並未有盡父親的責任照顧兒子。不一會兒，兒子又開始鬧情緒，不管他如何哄逗也不奏效。於是他把兒子放在腳上，左手輕拍兒子的大腿，右手控制電動輪椅前後搖擺，造成「搖籃」，想不到竟然令兒子安穩地入睡了。自此，他便開始主動分擔照顧兒子的責任，兒子也很親近他。

隨着兒子長大，「搖籃」變成了「嬰兒車」，現在又變成了他倆的專屬「過山車」。或許再過幾年，兒子就只能站在後方乘「順風車」。無論如何，他希望兒子願意一直陪伴他。

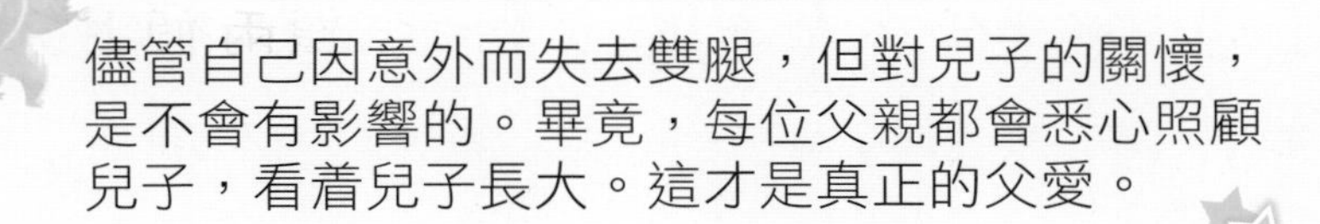
儘管自己因意外而失去雙腿，但對兒子的關懷，是不會有影響的。畢竟，每位父親都會悉心照顧兒子，看着兒子長大。這才是真正的父愛。

爐底麥

曾映如

「嗚……」帶着淚水的麵包有點鹹。

爸爸輕拍東東的肩膀，靜靜地看着他一口一口把麵包吃完。

「為什麼我這麼努力，還是沒有獎牌？我以後都不參加賽跑了！」東東用力咀嚼，吞下最後一口麵包，然後放聲大喊。

「爐底麥好吃嗎？」爸爸問。

「好吃。」東東有點不滿，「為什麼我剛輸了比賽，你只關心麵包的味道？」

「怎樣好吃？」

「就是外脆內軟，比平常的麥包好吃。」東東噘着嘴，「為什麼你不關心我？」

「你知道為什麼爐底麥比一般麥包好吃嗎？」

東東搖頭，已不想再說麵包的事了。

「你看看爸爸的手臂。」爸爸展示滿是傷疤的手臂。

「製作爐底麥，麵包師傅不可以把麵團放到烤盤，只能直接放到烤爐，讓麵團底部有焦脆的效果，你才可以吃到外脆內軟的麵包。」爸爸認真地解釋，東東卻感到一臉疑惑。

「由於爐底麥並不是放在烤盤上，麵包師傅在取麵包時，難度也提高了，稍不留神便會燙手。不過，爸爸從來沒有想過放棄製作爐底麥。」爸爸的眼神十分堅定。

東東點了點頭。

「有時候，我們想得到好成就，是需要付出代價，才可以累積經驗的。你明白嗎？」爸爸望着東東。

「我明白了，我這次失敗只是像留下一道

傷疤而已，對嗎？」東東輕撫爸爸的手。

「我的兒子真聰明。」

「那麼我可以再吃一個爐底麥嗎？」東東收起哭泣的臉容。

「當然可以。」

「下次我一定會成功的。」東東笑着説。

許多時候，鼓勵的説話比安慰的説話好得多，透過父親寄語兒子不要怕失敗的情節，流露出父子之間的愛。

一個麵包

徐振邦

他喜歡吃麵包，菠蘿包、腸仔包、提子包……幾乎所有麵包都愛吃。每次經過麵包店，他都嚷着買麵包。

為了滿足他愛吃麵包的要求，媽媽嘗試學習做麵包。可是，媽媽的努力卻得不到他的欣賞，不是嫌麵包的外觀不吸引，就是說麵包的味道不夠好。總之，就是不喜歡媽媽做的麵包。

這天，他參加了學校舉辦的麵包製作興趣班。他心裏想：「我自己也可以做一個美味的麵包。」

他很用心學習，跟着老師的指示及步驟，似模似樣地學習做麵包。

忙了半天，他終於勉強把麵包完成，共有

三個。「雖然麵包的賣相並不吸引，但對於第一次做麵包的我來說，算是做得不錯了。」他看着自己的製成品，感到很滿意。

麵包的香味從焗爐飄出來，他吸了一口氣：「香噴噴的，一定很好吃。」

老師把麵包取出來，一個又一個新鮮熱辣的麵包呈現在眼前。他看着自己親手製作的三個麵包，有說不出的興奮。

他拿着其中一個麵包，急不及待的咬了一口，第一個感覺是：「外觀已經不好看，麵包也不鬆軟，口感只是一般……」他明白到，原來做麵包並不是容易的事。他覺得，媽媽做的麵包，比他做的，好吃得多了。

他原本說要把自己製作的麵包拿給媽媽品嚐，但現在已有點不好意思了。不過，他還是硬着頭皮，把麵包帶回家。

媽媽看到麵包後，馬上大口地吃着，然後豎起姆指說：「好吃。」

「好吃？但我覺得很難吃。」

「怎麼會難吃呢？」

「我……我想吃媽媽做的麵包。」他尷尬地說。

「不如我們一起做吧，好嗎？」

「好。」他高興地回應着，「我來搓麵粉……」

許多人都愛批評，喜歡對別人吹毛求疵。主角以為做麵包是一件容易的事，直到他試過一次後，才明白「說來容易做來難」的道理。當他明白媽媽做麵包的難處後，願意跟媽媽一同努力，合力製作麵包。

尋人啟事

文婷

剛踏入報社的營業時間，有個大叔神色不安地在諮詢櫃檯前踱步。

「您好，請問有什麼能幫到你？」

「我……我來找人。」

「那就是要登尋人啟事？請提供失蹤人士的基本信息、外貌特徵、失蹤時的穿着及活動日常等，資料越詳細越好。」

「陳麗娟，女，75歲，住新界葵涌邨，五尺二寸高，體型略胖。」大叔繼續說，「我勸她不要再吃剩菜，但她覺得丟掉浪費。我又叫她不要煮這麼多菜，但她又怕我們不夠吃。這個吃法，膽固醇是很高的。」

「老人家都是這樣：生活清貧慣了，捨不得浪費。」

「雙眼皮，厚嘴脣，牙齒不太整齊，性格開朗，跟鄰居相處得很好，家裏做了點小吃都願意跟別人分享，但也有不好，總喜歡八卦，還嗓門大，每天跟鄰居們家長里短，家裏整天鬧哄哄的⋯⋯」

「那應該很熱鬧，每天拖着疲倦的身軀，回家見到媽媽都是一副精力充沛的樣子。」

「是呀，最近家裏安靜、冷清了許多，可惜⋯⋯」

「別灰心，現在科技發達，加上網絡和警方的力量，應該很快就能找到你的母親的。」

「謝謝你聽我講了這麼多，可是，沒有機會再跟她見面了。我的母親去世了，我是來刊登訃告的。」説完便只能看見大叔不斷抽動的雙肩和聽見嗚咽的聲音。

兒子懷念母親，惦記着她的生活點滴。就算在母親離世後，對她的容貌、對她的生活，都記得清清楚楚。從大叔的話中，看得出母子之間的情誼。

無言的陪伴

張彩慧

漫長的暑假即將結束，小宇開始感到焦慮。

晚飯時，小宇夾了一塊湯水裏的胡蘿蔔，咬成碎塊，放在手心裏。蹲坐在椅旁的「魚餅」目不轉睛地盯着他的手。小宇緩緩張開掌心，「魚餅」一下子咬走了胡蘿蔔塊。

小宇看着圓滾滾的「魚餅」，跟媽媽訴説煩心事：「媽媽，我不想這麼快開學，我不想回學校。」

媽媽的眼睛瞪得很大，眼珠彷彿快要掉出來：「你只顧着玩遊戲，還沒完成暑期作業？」這句話帶着斥責。

小宇搖搖頭：「不，我完成了。」在媽媽外出工作時，他幾乎每天都在家裏玩 iPad，但他也有不時寫暑期作業。「魚餅」可以作證，可惜牠開不了口幫忙解釋。

平日裏，他享受「魚餅」的陪伴多於媽媽，因為當他和友人玩聯機遊戲時，「魚餅」不會嫌他吵、也不會念叨他不思進取、不會吩咐他完成各項家務……只是靜靜地在一旁守護他，聆聽他的喜怒哀樂。可這一刻，他卻埋怨起「魚餅」的沉默不語了。

「媽媽，我只是不想和『魚餅』分開。」他低沉地說，「我習慣了牠在我眼前晃來晃去，我去洗手間，牠會在門口等我；我去睡覺，他會在房門外守候；我在吃東西，牠就在一旁眼巴巴地盯着我……」

「我把『魚餅』的照片放在你的錢包，你就可以天天見到魚餅了。」這似乎是媽媽的經驗之談。的確，媽媽在「坐月」後離開日見夜見的兒子時，也是這樣安撫自己的離別情緒。

「媽媽，你不懂！」說着，他把一個小球扔到牆邊，「魚餅」撒開矯健的小短腿前去追。小宇在心裏補充真正的顧慮：「『魚餅』到時候會很孤單。」

家裏沒有人陪伴，主角小宇只有把小狗「魚餅」當成家人一樣看待。其實，喜歡小動物也是好事，不少人也會把家中的寵物視為家庭成員呢。這正好體現出小朋友對小動物的愛。

禮物

曾映如

「我要當姐姐了！」

「噢！真的嗎？」

「真的！我一直都很想要妹妹，媽媽終於答應了！」

「是你要求的？你為什麼這麼笨？弟弟、妹妹是世上最恐怖的人啊！」

「為什麼？我很想和妹妹玩角色扮演遊戲呢！」

「他們會搶去你的所有東西，你的玩具、食物，甚至是爸爸媽媽的愛，都要跟他們分享。你再也不能像我這樣萬千寵愛在一身了，真替你悲哀。」

「有這麼誇張嗎？你不要嚇我。」

「你不相信？你可以問問小美，自從她的弟

弟出世，她的媽媽便不再來學校接她放學，連學校旅行都不陪她參加。」

✦✦✦✦✦

「媽媽，我不想要妹妹了，你不用生妹妹了。」

珊珊一直渴望有一個妹妹陪伴，媽媽對她突如其來的轉變感到錯愕，只能溫柔地問她原因。

珊珊低頭，默不作聲，媽媽見狀也不強迫她。

「雖然你不想要妹妹，但妹妹已經準備和你見面了，她還拜託媽媽送一份禮物給你呢！」媽媽從紙袋拿出一盒玩具，珊珊抬頭看見兩個新款芭比娃娃，還有一套玩具廚櫃。

「她很想快點長大和你一起玩遊戲呢！」媽媽又補充。

珊珊終於忍不住哭道：「我也很喜歡妹妹，但我不想失去爸爸媽媽的寵愛。」

「傻孩子，即使有了妹妹，你還是我的小公主，你們都是上天給爸媽的禮物，我們都會好好珍惜的。」媽媽把珊珊摟入懷裏。

「你還會陪我參加學校旅行嗎？」

「當然會，妹妹還告訴我，也要跟姐姐一起去旅行呢。」

「真的嗎？那實在太好了。」珊珊把頭放在媽媽的身體，用耳朵貼着肚子，「你知道嗎？我很想跟妹妹一起玩呢。」

哥哥姐姐想成為萬千寵愛在一身的人，生怕弟弟妹妹會搶走父母對自己的愛。其實，家人之間的愛是不分彼此，是一致的。而且，如果姐姐愛惜妹妹，妹妹自然也會愛惜姐姐。

龍眼的季節

文婷

「這樣，美珍就會收到了嗎？」

「當然，你只要在心裏默念你想要對她講的話，她都會收到的。」

「可是，美珍，我想要對你説什麼呢？我這次的考試終於及格了，沒有白吃你這麼多隻白切雞，今年的暑假，我該去哪裏過呢？我……我有點想你了。」

✦✦✦✦✦

爸爸媽媽的工作很忙，他在暑假時被送到鄉下，那裏簡直就是個「大農村」，沒有商場，只有一個小食店。

才剛剛到的時候，他一點也不喜歡美珍，覺得美珍佝僂着背，穿的衣服醜醜的，最重要的是，美珍家裏沒有網絡，意味着他再也不可以打遊戲機了！日子真是太難過了。

「在奶奶家要聽奶奶的話喔！」

「好好戒掉你的電子奶嘴！」

「很悶吧！呵呵，來，美珍帶你去幹活。」

「誰是美珍？」

「呵呵，我就是美珍，別叫我奶奶了，跟大家一起叫我美珍吧！」

於是，他第一次看見了掛在藤苗上的豆角，用尖刀劃下橙黃的木瓜做菜，晚上搬出藤椅坐在小院子裏，發現星星竟是這樣多，一閃一閃的。他似乎有點喜歡美珍，她做事乾淨利落，種出的花開得那樣艷，炒出來的菜比媽媽做的更香。他嘗試了許多從前未曾嘗試的事，例如從樹上摔下來。

「呀，可以再上去點，龍眼在你的左手邊。」

「看你這麼年輕，身手比我這個老太婆還

差！」

「 別怕啦，這棵樹很矮，底下還有沙堆，沒事的！」話音剛落，咻的一聲，他從樹上跌下來，屁股有點痛，但看到手裏拽了一大串龍眼，馬上樂開了花。

很可惜呢！擦了擦眼淚，這是每年屬於龍眼的季節，卻是個要跟你告別的季節，再見了，我親愛的奶奶——美珍。

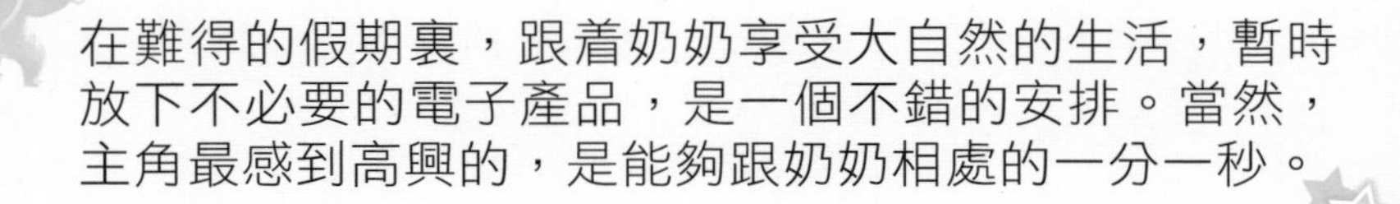

在難得的假期裏，跟着奶奶享受大自然的生活，暫時放下不必要的電子產品，是一個不錯的安排。當然，主角最感到高興的，是能夠跟奶奶相處的一分一秒。

爺爺的哥哥

徐振邦

今天早上，爺爺望着報紙，一臉憂心忡忡，坐立不安；然而，到了下午，他看到電視的新聞廣播後，馬上破涕而笑。

✦✦✦✦✦

爺爺看到報章上的頭條新聞，顯得很擔心。姐姐好奇地問：「發生了什麼事？」

爺爺指着一起老人失蹤的事件說：「這位登山失蹤老人，可能是我的哥哥。」

「你的哥哥？我怎麼不知道你有哥哥的呢？」

「失散了。」爺爺對姐姐和妹妹說，「那年，跟你們兩姐妹的年紀相約，我和哥哥在公園失散了。我們的感情很好，跟你們一樣。」

「你怎麼知道這位失蹤老人就是你的哥哥？」妹妹問。

「你看看這張照片，照片旁有名字和年齡資料，跟我哥哥是符合的。」

姐姐看了一看說：「這個人真的跟你有點相似。」

妹妹也點頭附和着。

爺爺望着照片出了神，流出了眼淚，吞吞吐吐地說：「真的是…哥哥…哥…嗎？」

姐姐和妹妹年紀小，不知道怎樣安慰爺爺，只好抱着爺爺。姐姐對着爺爺說：「你的哥哥一定會平安的。」

爺爺抱着姐妹二人：「是的，沒有事的。」

我們開着電視的新聞台，留意着失蹤老人的最新消息。

我們待在電視機前半天，只知道警方、消防、民安隊，以及一批來自民間的登山隊，已經在龍虎山一帶努力搜尋。

距離「黃金七十二小時」只餘下幾小時之際，忽然傳來了好消息：「民安隊找到了失蹤老人，老人只是跌傷了腳，身體沒有大礙，並送到瑪麗醫院。」

爺爺聽到了新聞報道後，開心到泣不成聲。

姐妹兩人異口同聲地說：「不如我們去醫院探望你的哥哥，好嗎？」

爺爺點了點頭，露出高興的笑容。

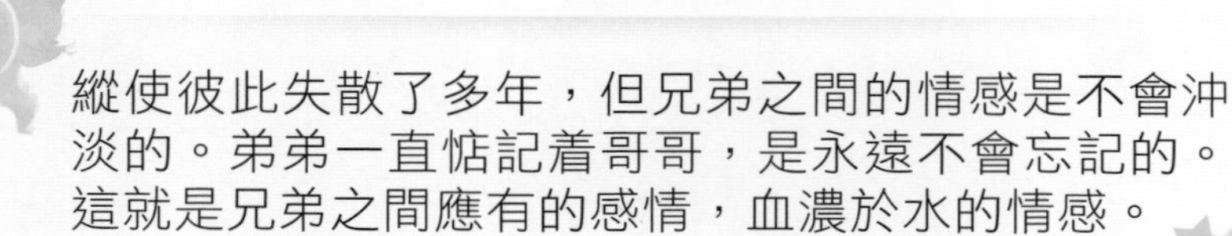

溝通

文婷

「為什麼不讓爸媽簽回條呀？難道你又想被老師責備？」

「煩死了，不想跟他們講話。」

「吵架了？」

「每天我回到家，才剛坐在電腦桌前，他們便開始說我只會玩遊戲，學習沒進步。其實，我在學校已經學習了一整天了，回家放鬆一下，也不算過分吧！」

「他們是關心你吧！」

「他們比較關心分數吧！」

✦✦✦✦✦

「他一回家只知道玩遊戲，就沒看見他做過功課，難怪上次的測驗成績不理想。我們唸書不好，出路較少，因此，希望他努力些，以後多點出路。」

「他之前一直都不需要我們操心的，是不是到了青春期，開始叛逆？我問他的話，他也是愛講不講的。這孩子，也不知道是怎麼了。」

「開始驕傲了吧，覺得自己有點小聰明就開始不認真。當課業內容越來越難，只懂得驕傲自滿，自然就是退步了。」

「還是要多跟他聊聊，了解一下他是不是發生了什麼事，孩子唸書也不容易。」

「最近這個腰椎又不太舒服了，你過來幫我按按。」

「你搬東西要小心，之前已經扭傷了，有空還是去看一看醫生吧！」

✦✦✦✦✦

拿着回條一直站在門外的小強，聽到父母

的對話後，鼻子有些酸，緩緩地提起手來敲了敲門。

子女不明白父母的心思，只以為父母不明白自己。其實，父母對子女的愛，總是無微不至的。因此，身為子女也要從父母的角度想一想，才能明白父親母親對自己的愛。

仙人掌

文婷

我家有一株仙人掌，是爸爸送給我的禮物，但我只喜歡過它一段很短的時間，之後，爸爸變成了它真正的「主人」——定期為它澆水。不過，最近植物開始枯萎了。

✦✦✦✦✦

「手術後，把切除的腫瘤拿出來化驗，大概要兩至四星期完成病理報告，才能確定癌的類型，以及屬於第幾期。」

「好的，醫生……」

我坐在醫院的長凳，看着媽媽穿梭在不同的房間。我知道，爸爸生病了，屬挺嚴重的病，而媽媽常常在晚上悄悄地抹眼淚。看到這裏，我的眼淚也流了下來，我會失去爸爸嗎？如果沒了爸爸，我們家該怎麼辦呢？

爸爸做完檢查後回到家，看着我站在窗口發呆。我身為男子漢，本來是不能在爸爸面前掉眼淚的，但眼眶卻不爭氣地紅了起來。爸爸只是拍拍我的背，跟我說：

「你看，這株仙人掌，是我以前送給你的，它現在都快長到窗外面去了。當初你忘記給它澆水，它一度枯萎成黃色，後面只要給它澆水，很快它又活過來了。」

「跟仙人掌有什麼關係呢？爸爸……我們……會失去你嗎？」

「傻孩子，我們要跟仙人掌一樣，困難是暫時的，只要有一點點機會，都要緊緊抓住，然後堅強地活下來，我們要一起克服這個困難。」

幸運地，家裏的氣氛不再變得緊張，爸爸每天都在研究如何做出更健康的餐點，媽媽收拾好心情回到工作崗位，大家都在自己原本的崗位上努力。

不久，在窗台的仙人掌的旁邊，又多了一盆太陽花，朝着太陽的方向開出燦爛的花。

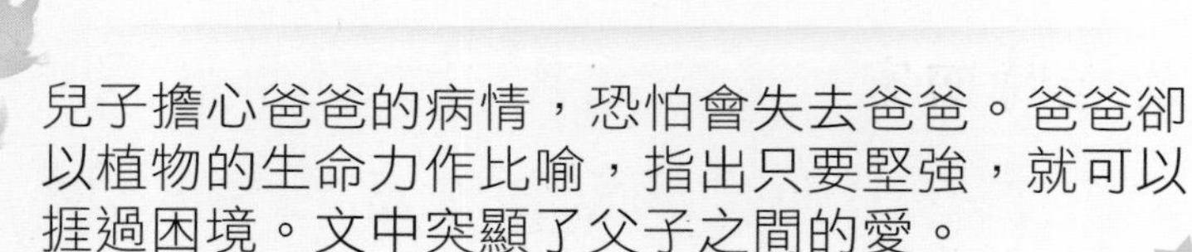
兒子擔心爸爸的病情，恐怕會失去爸爸。爸爸卻以植物的生命力作比喻，指出只要堅強，就可以捱過困境。文中突顯了父子之間的愛。

十號風球

徐振邦

颱風來襲，天文台表示有機會懸掛十號風球。

同學們知道風暴消息後，無不歡呼起來，因為有多一天額外假期而感到高興。然而，他不感到興奮。

颱風迫近香港，按天文台預測的移動方向，香港即將要宣布懸掛八號風球，於稍後時間會改掛更高風球。

他並不是不想有額外的颱風假期，而是在醫院工作的爸爸，不僅不會因颱風襲港而有假期，反而要負責突如其來的額外工作。雖然爸爸在室內工作，但在這段風雨交加的環境下，未能即時回家，情況是令人擔心的。

晚上，他沒有睡覺，除了留意風暴消息

外，亦在等待爸爸回來。

「你還是休息吧，爸爸應該很快就能下班。」媽媽對他說。

他卻搖着頭：「我想多等一會兒。」

「我們一起等爸爸回來吧。」

「好的。」

✦✦✦✦✦

早上七時，天文台發布最新消息：「颱風逐步減弱，亦開始遠離香港……」

這時，門外傳來開門的聲音。他興奮地說：「爸爸終於回來了。」

「為什麼還不休息？」爸爸感到奇怪。

「他說要等你回來。」媽媽笑着說。

「我很擔心你呢。」

「雖然有颱風襲港，幸好沒有發生嚴重事件。」爸爸說，「趁着颱風遠離，我可以回來稍作休息。」

「爸爸，你辛苦了。」

許多同學都渴望有多一天的額外假期，然而，並不是所有人都可以享有颱風假期。小說中的主角，就是擔心在颱風期間，仍要在外工作的爸爸。這是兒子對父親的關愛表現。

二叔

徐振邦

十年前，二叔說要去外國讀書，之後就沒有再回家。那時，我還未出世。

二叔偶爾會寄一張只有草草幾個字的明信片回來，但從不留下聯絡方法，也沒有說何時會回家。根據明信片的郵票可知，二叔去了英國、意大利、法國、比利時……最後一張明信片則是來自巴西。

每次提及二叔，爺爺嫲嫲總是很勞氣：「二叔是衰仔！」

我沒有見過二叔，但我覺得他很本事，可以四海為家，可以遊歷世界。

這天，二叔在沒有預告下，回來了。

平日只說二叔是「衰仔」的爺爺嫲嫲樂不可支。可是，正當爺爺嫲嫲以為可以跟二叔一起生活時，二叔竟然說：「下星期要走了。今次要去非洲一年，之後才能回來。」

於是，二叔在爺爺嫲嫲的反對下，靜悄悄地飛走了，氣得爺爺嫲嫲一連幾天都睡得不好。爺爺嫲嫲還嚴厲告訴家中所有人：「以後不准衰仔踏入家門。」

雖然我還是年紀小，但我知道：「爺爺嫲嫲怎會捨得趕二叔出家門呢？」

幸好，二叔兌現了承諾，離家一年後，真的回來了。爺爺嫲嫲知道後，笑得合不攏嘴，還親自在大門迎接二叔呢。

不過，最重要的，是二叔沒有再走了。最後，二叔在香港找了一份穩定的工作，結婚後仍然跟爺爺嫲嫲一起居住。二叔說：「年少時，想見識世界，沒有好好照顧父母，現在要做兒子的本分了。」

爺爺嫲嫲沒有說什麼，但不難猜到：他們感到心滿意足。最低限度，爺爺嫲嫲不僅沒有再說二叔是「衰仔」，有時還稱讚二叔很孝順呢。

或許，在子女年輕時，可能會有點任性，只做自己喜歡的事，並沒有顧及父母的感受，但父母仍然是愛護子女的。身為子女，也要記得要孝順父母，因為這是子女應有的責任。

綁頭髮

曾映如

「升上中學就要自己綁頭髮了。」坐在鏡子前的心柔想起媽媽的說話。

今天是開學日，心柔已經梳了五分鐘頭髮，卻無法紮到一條滿意的馬尾。

「無法自行整理長頭髮，就要剪短頭髮。」腦海又浮現媽媽的說話。

「媽媽，我今天只是升小五，你為什麼不幫我編頭髮？」心柔對着鏡子說，眼角泛起淚光。

✦ ✦ ✦ ✦ ✦

「加士居道天橋往紅磡方向，近伊利沙伯醫院有交通意外，一名婦人懷疑被醉酒駕駛的私家車司機撞至重傷，送院後不治。」心柔的媽媽就這樣離開了，留下她和父親二人相依為命。

✦✦✦✦✦

從前，媽媽會在心柔吃早餐的時侯為她編頭髮，而媽媽設計的髮型亦會引起其他女同學的注意，她們都羨慕心柔有一個手藝靈巧的媽媽。

想起逝去的媽媽，心柔忍不住伏在桌上啜泣，她不想上學了。

忽然，她感覺到一雙溫柔的手正輕撫她的長髮，並用梳子為她整理秀髮。

「媽媽！」她緊緊擁抱着那個人。

「是爸爸。」

看見爸爸，心柔忍不住放聲大哭：「爸爸，我很想念媽媽。」

「爸爸也想念媽媽，所以我想學她為你編頭髮，就像媽媽還陪着我們，好嗎？」

心柔抽抽搭搭地說：「好。」

「爸爸會一直陪伴着你。」

母親離世，對小女兒自然帶來傷痛，然而，幸好還有關心自己的父親，希望可以一起走出傷痛。透過小說，由母愛帶出父愛，體現出父母對小女兒的愛，從沒有變改。

友情篇

吹牛大王

徐振邦

他叫什麼名字？許多人都不知道，因為人人都叫他做「吹牛大王」。

為什麼他有這個稱呼？理由很簡單，就是他凡事都愛吹牛，自認第一。舉幾個例子——

班主任問：「今天的班際清潔比賽準備如何？」「吹牛大王」馬上回應：「我是班的領袖，最愛大家。有我的指揮，清潔比賽一定可以得到冠軍。」結果，他只是手忙腳亂地草草完成清潔，根本是奪標無望。

班主任又問：「陸運會的班際接力比賽有信心嗎？」「吹牛大王」豎起手指說：「我是班的領袖，最愛大家。難道你們不信任我這個飛毛腿嗎？」最後，他以最後一名衝線，得到倒數第一。

班主任再問：「誰可以幫忙買旅行的燒烤用品？」「吹牛大王」毫不猶豫地說：「我是班的領袖，最愛大家。由我來安排，沒有辦不到的事。」可是，他的安排錯漏百出，還買漏了不少物品。

這些「吹牛大王」引發的事件，幾乎每日都在課室裏上演，同學們都見怪不怪了。

雖然「吹牛大王」老是愛吹牛，但他卻很受同學歡迎，因為「吹牛大王」從不怕蝕底，班裏的所有事都願意一力承擔，認識「吹牛大王」的人都說，他「最愛大家」這句話，是真話，半點沒有吹噓。

故事主角是一位說話帶有誇張成分的小學生，因而被嘲諷為「吹牛大王」，然而，這種性格卻不影響主角對班的愛。

都是你的錯

文婷

「都是你的錯，你怎麼這麼晚才叫我起床，現在要遲到了！」話音剛落，小強哇的一聲，哭了出來，媽媽只能無奈地搖搖頭。小強花了一個小時還沒能出門，最後只能是遲到了。

課間休息的時候，小強一個人悶悶不樂地坐在座位上，子朗經過看了他一眼，便不服氣地把頭撇向了門口；而小強也看到了子朗，也不服氣地撇撇嘴。小強心裏想：「昨天明明就道歉了，他竟然還要生氣，真是不可理喻，不跟我玩就不跟我玩吧！」

小強跳着經過小美的課桌，不慎把課桌上的筆袋撞倒在地，小美生氣地望着他，小強毫不在意地説：「都是你的錯，自己的筆袋放不好，不掉在地上才怪呢！」

課堂的小組活動，同學們都分好了組，只餘下小強一個人。張老師見狀便說道：「請問有哪個小組願意多加入一位成員？」同學們面面相覷，沒有說話。班主任張老師和顏悅色地說：「同學相處要互相包容，互相尊重……」

「老師，他們才不會包容別人，他們做錯了，還要賴我呢！」

「同學做錯什麼事？」

「我不小心弄壞了子朗的鉛芯筆，我已經道歉了，他卻小氣地沒再理我。明明是小美沒有放好自己的文具，卻還要賴我碰倒了它。」

「你用筆的時候根本不好好珍惜，當寫不出字時，還用筆頭戳桌子……」

「如果你路過課桌的時候斯文一些，筆袋是不會掉的……」

張老師緩緩地說：「小強，如果你總是站

在自己的立場為自己辯護，卻從不理會別人的感受，同學們又怎會願意接納你，成為他們的朋友呢？」

小強這才羞紅了臉，撓了撓頭說：「對不起，都是我的錯。」

做錯了事，只要知錯能改，並誠心向對方道歉，對方一定會原諒你的。故事中的小強，最初只從自己的角度去想，根本不知道自己犯了錯，但當他嘗試換轉另一個角度時，就發覺自己做錯了。所以，懂得向別人說「對不起」，也是很重要的事。

4D 動物園

張彩慧

當謝老師來到4D課室時，見到黑板上還有昨天的筆記插畫，在右上角寫着「請不要擦」這幾個字。這端正的筆畫瞞過了負責清潔黑板的校工姐姐，卻逃不過謝老師的法眼。

謝老師一眼就看出來是學生的字跡，心想這班學生還真淘氣，還搬來凳子學老師在黑板上寫字。她佯裝一臉嚴肅，問：「這是誰寫的？」班內的學生面面相覷。平時最聽老師話的班長怯生生地舉手，隨後也有兩三個「幫兇」陸續舉手。

「為什麼要在黑板上寫這樣的字？」

「我們覺得黑板上畫的動物『栩栩如生』，捨不得擦掉。」

聽到這裏，謝老師覺得這羣小朋友可愛之

餘，記性還很不錯。上個星期，她才教過他們「栩栩如生」這個成語，沒想到他們今天竟然用上了。

她見到標題寫着「4D 動物園」，便說道：「班長介紹一下這幅畫。」

「這隻獅子是吳老師，吳老師每次都會在我們嘈吵時大發雷霆；這個企鵝是……謝…謝老師。」

「為什麼我是企鵝？」

「你……走起路來像企鵝……左右搖晃。」

「原來是這樣。」

正當班長以為謝老師要問罪時，沒想到謝老師竟問道：「班長是哪個動物？」

「金魚，因為他上課都睜大眼睛看黑板，從不睡覺。」班長鄰桌的女生搶答道。

「長頸鹿呢？」

「坐在最後面的同學，他是班中最高的同學。每次拍照都只看到他伸出長長的脖子。」

「獅子是什麼呢？」

「頭髮時常炸開的常識科老師。」

「鸚鵡又是什麼呢？」

「……」

「原來我們班是動物園，我們要怎麼對待身邊的『動物』？要愛護動物嗎？」

聽到這裏，大家饒有趣味地呵呵笑了起來。

有些學生愛把同學和老師的小習慣或動作，改成「花名」。小說中的班裏同學，就把老師和同學編成了不同的動物，並把不同的動物畫在黑板上。這正好看出，老師和同學之間，有着深厚的愛。

比賽

徐振邦

今天是聯校陸運會比賽，我代表學校出戰八百米賽跑項目。

在比賽之前，老師叮囑我：「友誼第一，比賽第二。」我公式地回應：「知道。」

我已經連續兩年奪得冠軍，只要今年爭標成功，我就是「三連霸」，也是唯一的「三連霸」的運動員，因此，在我眼裏，只有「比賽第一」。

在同組的選手中，還有一位同樣是參加了兩年，並奪得兩次亞軍殊榮的鄰校運動員。我跟他的實力可稱得上是不相伯仲，第一年我只贏他三秒三，去年我們的差距已縮減到一秒二。

為了備戰比賽，我不斷加緊訓練，不僅好

幾次打破自己的個人紀錄，還成功挑戰學界紀錄。

✦✦✦✦✦

我站在賽道上，集中精神，腦海裏只有勝利二字。

槍聲一響，我率先佔了有利位置，決定以「由頭帶到尾」的姿態，取得今屆的冠軍。

跑了一個圈，我一直領先對手，而跟我實力相約的他，緊緊貼在我後方。至於其他的選手已被我們甩開，應該不會對我倆得獎構成威脅。

直到最後一百米，我預計能夠取勝之際，原本在我後面的他，忽然加快速度。在最後五十米線，他已經和我並排，並有超越我之勢。

我心急起來，步伐節奏亂了。在最後二十

米，我稍為失去平衡，身體向前傾，心想：「難道我要在衝線前跌倒？」

說時遲，那時快，我真的倒下了……

這時，他用手輕輕扶着我，喘着氣說：「一起衝線吧。」

結果，我們二人攜手衝過終點，奪得雙冠軍。

我緊握着他的手說：「多謝你。」

「以你的實力，你是真正能夠奪冠的人。」

「其實，我想說，是你讓我明白甚麼是：『友誼第一，比賽第二。』」

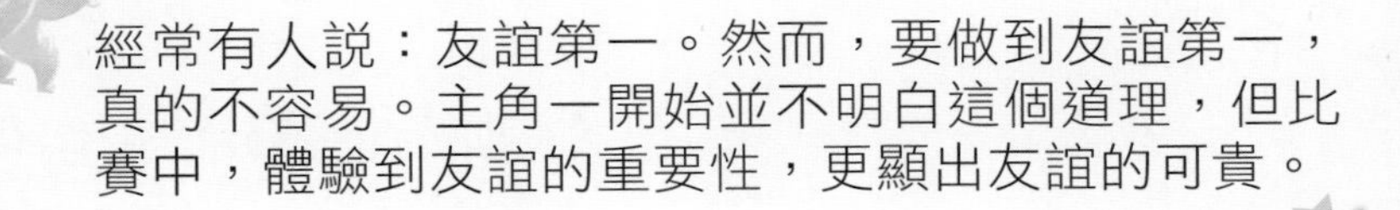

經常有人說：友誼第一。然而，要做到友誼第一，真的不容易。主角一開始並不明白這個道理，但比賽中，體驗到友誼的重要性，更顯出友誼的可貴。

不要跟他玩

曾映如

小息的時候，有一羣學生聚在一起。

「不要跟他玩，他喜歡挖鼻孔，聽說還會偷偷吃鼻屎呢！」甲這樣說，其他同學聽了也附和說：「對呀、對呀！」

有同學甚至說：「聽說他上完廁所不洗手，然後又會用手直接拿食物吃，真噁心。」

同學聽見都表示驚訝：「難道他不會肚子痛嗎？」

「或許，他肚子已經養了幾百條蟲呢！」某同學得出這結論，逗得其他同學都捧腹大笑。

「總之，大家記得不要跟他玩。」甲再次提醒同學，大家異口同聲地說：「好。」

小息完結。

「你為什麼跟他一起小息？還吃他給你的

餅乾？」甲問坐在旁邊的樂樂。

「他知道我忘了帶零食，主動和我分享食物，所以我們便一起小息。這有什麼問題？」樂樂不解。

「當然有問題。你不知道他挖鼻孔、上廁所不洗手嗎？他的餅乾一定有很多細菌。」甲對樂樂的「無知」感到意外。

「真的嗎？我看他挺注意衛生的，吃東西前會先用酒精消毒雙手，吃完東西還會用紙巾抹嘴，比我還要衛生呢！」樂樂嘗試解釋。

「嗯，這可能是他在演戲。」甲思考了一會兒，然後説。

「你看見他上完廁所不洗手嗎？」樂樂問。

「倒沒有，但很多同學説過。」甲説。

「為什麼我要相信別人説的，而不相信自己看見的？我覺得他是一個善良的人，我想跟他做朋友。」樂樂堅定地說。

「楊永樂，方子甲，你們再聊天，我就要罰了。」黃老師在講台上嚴厲地說。

樂樂和甲馬上閉嘴，甲眼睛望向他，他正在努力抄寫筆記。

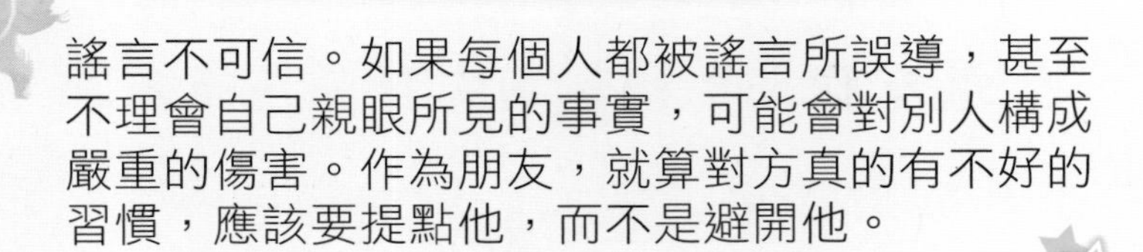

謠言不可信。如果每個人都被謠言所誤導，甚至不理會自己親眼所見的事實，可能會對別人構成嚴重的傷害。作為朋友，就算對方真的有不好的習慣，應該要提點他，而不是避開他。

你們真的很討厭

文婷

「你們有的時候真的很討厭，怎麼可以這麼浪費呢！你們拿着爸媽的錢揮霍，真是大混蛋！」在「真心話大冒險」的遊戲中，小美選擇「真心話」，將藏在心裏的話講了出來。

坐在一旁的朋友們聽了，只當是小美太開心了，才說了胡話。

✦ ✦ ✦ ✦ ✦

今天是放榜的日子，小美如願以償進入理想的大學，於是他們相約要去小美家慶祝。

「我……我真的很討厭你，小蘭，吃不完的東西為什麼點這麼多，這樣太浪費了，你知道地球有多少人是吃不飽的嗎？」

「還有你，小潔，不要再在網上亂購物。你總是買一些不合身的衣服，經常幻想着自己瘦了就能穿，還說是什麼精神鼓勵法。結果，你的衣服只能送給我。」

她們初次相遇，是班主任撮合的，原本說話就不多的小美，因為家庭變故就更加沉默了，但小美學習很是刻苦，成績優異，夥伴們就常常向她請教學業上的難題。一來二去，她們成為了要好的朋友，也知道小美家正經歷難關，朋友們也很常和她分享零食、買錯的衣服，是小美口中的「敗家女子組合」。

「還有你……你個騙子！你根本就沒有中獎，你的運氣根本超級差，每次猜選擇題你都猜錯！還花這麼多錢給我買禮物……我何德何能，遇上這麼好的朋友……嗚……不要為了對我好，這麼『敗家』了。」

「沒有學霸你的提攜，我們這幫學渣也沒機會跟你一起上大學呀！」

「你們怎麼能夠這麼討厭，又這麼可愛呢！」小美哭得眼淚鼻涕一起流。

她們彼此看了看，也哭作一團。

在好朋友之間，應該要坦誠相對，就算是對方的不是，也應該要直言，不要害怕有「忠言逆耳」的想法，否則，好朋友很容易犯了錯誤而不自覺了。

生病

徐振邦

他病了，沒有上課。

在家休息了一天後，他的病情稍為好轉，但仍有發燒和咳嗽。醫生說：「最少要臥床三天，才能好轉過來。」

他是校內的活躍分子，算是學校的「風頭躉」。每天放學回家後，他幾乎是電話不離手，要透過手提電話的社交通訊軟件，跟同學們交流。

他在醫院睡了十多小時後，開啟電話，打算向同學們報平安。然而，出乎意料之外，他沒有收到任何一條訊息。儘管他覺得有點異常，但也沒有精神處理，決定繼續休息。

休息了兩天，他的精神已有明顯好轉。他再次開啟電話，看看有多少要回覆的留言。

「是電話壞了嗎？」他有點吃驚，「為什麼一個留言也沒有？」

他一直以為自己很受歡迎，有許多好朋友。殊不知，他的三天病假，卻換不來一句慰問。

在這三天的病假裏，他收不到一條訊息，心裏有說不出的失落。最後，他只有懷着不安的心情上學。

他垂着頭，匆匆返回課室，跟他平日與同學們有說有笑的情況，大相逕庭。

究竟有沒有同學跟他打招呼？其實，他並不知道，因為他心裏已認為：沒有人還會在意他。

他坐在自己的座位，不發一言。他準備把書包裏的物品放在座位的抽屜時，發現抽屜內有一些雜物，他彎下腰，仔細一看，原來抽屜堆滿了慰問卡、小禮物之類的物品。

正當他不敢相信眼前的景象時，班裏的同學都圍着他，說：「你回來就好了。老師說你得了大病，我們很擔心你，但又怕妨礙你的休息，所以不敢騷擾你。」

這時，他才恍然大悟，忍着兩眼的淚水，擠出笑容說：「我沒事了，多謝你們的關心……」

關心同學，不一定要掛在口邊。有時，同學與同學之間的情誼，不能用千言萬語去表達，反而，一切盡在不言之中。

開玩笑

曾映如

東東和樂樂是同班同學，整天在學校打打鬧鬧；同時又是足球隊的「好兄弟」，一起並肩作戰。

那天是校際足球比賽決賽，東東和樂樂都希望當正選，能夠披甲上陣，但教練選了樂樂，東東只能先坐後備席。樂樂看見東東失落的表情，打算用平日開玩笑的方式安慰他：「不用怕，後備也會有獎牌，你就坐着贏金牌吧！哈哈！」說罷，樂樂便去熱身。

最終，他們成功擊敗對方，為學校取得金牌。在比賽

中，東東上場只有十分鐘，在頒獎禮完結後，他馬上摘下獎牌，再不戴着獎牌跟大家合照，也不理睬樂樂。樂樂感到十分困惑，心想：「我們平日都這樣開玩笑，他為什麼認真了？真小氣！」

回到家中，樂樂打算觀看足球聯賽，支持他最愛的隊伍和球星，但球場上卻不見他最愛的球星。他仔細尋找，發現球星坐在場邊的後備席上，鏡頭間中拍攝到他在場邊眉頭深鎖，悶悶不樂。「為什麼不讓基奴上場？他那麼刻苦練習，這教練太過分了！」樂樂對着電視機怒吼。媽媽見狀便安撫他說：「不要緊，足球是團隊運動，只要能勝出，有沒有上場不都一樣？」

「當然不一樣！足球員苦練多時就是為了比賽，誰想呆坐後備席？」樂樂解釋。

話音剛落，他忽然想起今天跟東東開玩笑的情景，東東好像笑不出來，跟平日開玩笑的表情不一樣。

「或許不是他小氣，是我太過分了？」想到這裏，樂樂連球賽也看不下去，馬上找東東道歉。

同學之間，有時會有言語上的衝突，這是「言者無心，聽者有意」的道理。所以，我們在說話時，必須慎言，不可以胡亂說話而傷害了別人。故事中的樂樂，可能是一時失言，開罪了好朋友，但願透過誠心的道歉，可以化解二人之間的怨恨。

獎券

徐振邦

一年一度售賣獎券的日子來到了。身為連續兩年售賣獎券紀錄最高的他，信心滿滿地說：「我要成為連續三年銷售冠軍。」

至於她，是連續兩年售賣獎券紀錄的第二名，笑容滿臉地回應：「我會盡力的。」

獎券售賣期共有兩星期，她每天都努力推銷獎券，無論是老師、同學、家人，還是街坊，她都願意花時間講解獎券的用途，以及受助人士得到資助的喜悅等。許多人都受到她的感染，而買下獎券。

同學們看到她的努力，覺得她能成為銷售冠軍，也是實至名歸的。有同學跟他說：「短短兩日，她已經賣了三疊獎券，應該可以打破去年售賣十疊的紀錄。」

他卻不以為然，輕輕吐出一句：「除非她能賣出十六疊，否則是贏不了我的。」

售賣獎券的期限只餘下一天，她仍不斷四出游説別人買獎券，有同學估計，她已經賣出了十五疊獎券了。

同學們看到他仍是懶洋洋的態度，問他：「你真的有信心能超越她，成為冠軍嗎？」

他只笑了笑，沒有回應。

結果，她賣了十七疊獎券，而他同樣賣出十七疊，成為雙冠軍。

她在台上接到冠軍獎項説：「我得到了冠軍，但不是我的功勞，也不是我的榮耀，是各位善長慷慨解囊的善心支持而已，我要在這裏向每一位買過獎券的人説一聲：多謝。」

到他在台上分享時，有點不開心地説：「我真的成為了三連冠……」

這時，她搶了咪，對他說：「能夠幫助有需要的人，已經足夠了，就算沒有銷售獎項，我也會盡全力去賣的。你說，對不對？」

他點了點頭，然後互相握手道賀。

賣獎券是幫助有需要的人，而不是透過賣獎券而炫耀自己的功勞。只要是全力以赴，盡了力去幫助別人，已經很足夠了。對於是否能成為售賣獎券第一的人，根本是不重要的事。

畢業

徐振邦

小學畢業在即，準備升上中學，大家都感到很高興，因為覺得自己長大了。然而，除了他。

他性格內向，不愛動，也不愛説話，所以很難認識到好朋友。在讀幼稚園時，幾乎都是他自己一個人看着其他小朋友玩耍，沒有融入校園生活。幸好，他在小學的情況有所改善，班裏的同學都很接納他，有很多好朋友。

「升上中學後，我怎樣辦？」他憂心忡忡，「有的跨區升學，有的海外留學，就算在同區讀書的，也被派到不同的學校。大家都各散東西了。」想到這裏，他感到不安。

同學們察覺到他有異常的表現，打算安慰他，讓他好好升學。

A建立了新的通訊羣組：「我們要不時說說自己的近況，不可以已讀不回。」

B開通了分享雲端硬碟：「有檔案要分享的話，可以放在這裏。無論是什麼類型的檔案，也可以透過硬碟分享。」

「相片可以張貼在這裏分享，尤其是各位的生活點滴。」C還開設相片分享區。

「這是遊玩區……」D接着說。

各式各樣的羣組及聯絡平台，不下十個，大家都在熱烈地交流着，幾乎每位同學都在暗示：「我們是永遠

在一起的」。

他明白同學們的心思，於是，他在各個羣組裏留言：「各位放心，我也長大了，懂得面對的。當然，我更希望知道大家的近況……」

就是這樣，他跟小學的同班同學一直保持聯絡。據説，他們在大學畢業後，仍然有分享個人的近況。

小學升上中學，有些同學會感到陌生，甚至會產生壓力。故事中的同學們，為了讓主角不會感到孤單，還開設了不少聯絡溝通的方法，好讓大家一直維持好同學、好朋友的關係。這是很值得讚揚的方法。

學霸

曾映如

「學霸」每年都考全級第一，成為了同學們的假想敵，大家都想超越他，但沒有人可以擊敗他；加上「學霸」從不主動跟同學們溝通，沒有人願意和他做朋友。

「他是一個自大狂。」

「目中無人，真令人討厭。」

「就讓他繼續做一個『孤獨精』吧。」

許多中傷「學霸」的說話開始在班中流傳，但他似乎無動於衷，不回嘴，也不向老師投訴。

直到有一天，「學霸」不再上學了。

一開始，同學們都不以為然，但日子久了，大家覺得奇怪，並有各種猜測：有的說他生病了、有的說他移民了、有的說他家中有事。直至班主任說：「他轉校了。」同學們無不感到奇怪：「『學霸』獲獎無數，為什麼要轉校呢？」

班主任隨即播放一段講話片段，片中男子在說話時，表情生硬，抑揚頓挫不多，還有一點滑稽。有同學直接說：「跟學霸一樣。」逗得同學哈哈大笑。

班主任問那位同學：「你知道影片中的男人是誰嗎？」同學搖搖頭。

「他是全球首富，Tesla創辦人馬斯克。你知道為什麼他說話的語調那麼奇怪嗎？」同學又再搖搖頭。

「他患有亞氏保加症，在社交和溝通方面有困難，但這不是他能控制的。」

「『學霸』都是這樣的嗎？」有同學問，班主任沒有回答。

「亞氏保加症患者不擅長溝通，但他們也會感受到別人的敵意，知道別人不喜歡自己，也會難過的。」班主任繼續說。

有一把微弱的聲音問：「如果我們向他道歉，他會回來嗎？」

「他不會回來了。」班主任說，「希望各位學會如何跟不同的人做朋友。」

同學們互相對望，明白自己的不是。

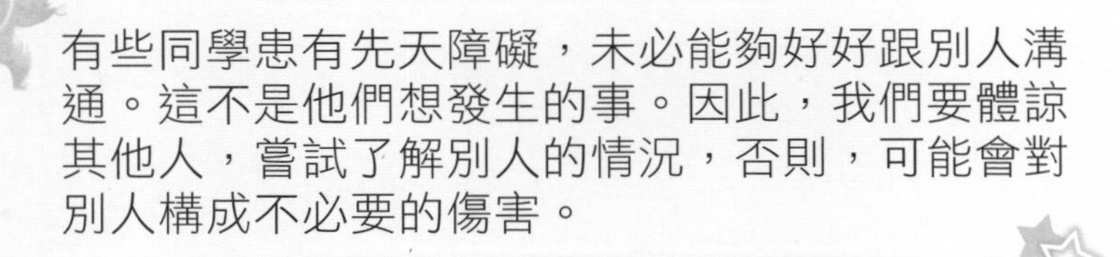

如果……

張彩慧

如果余老師有教我們，我就不會在下課鈴聲響就一溜煙竄去隔壁班……站在門旁的我不時探出頭來，在心裏默默祈求余老師儘快下課，我好想這班學生可以把余老師還給我。

「多謝余老師教導！」敬完禮後，只見教室裏的同學們魚貫而出，前往有蓋操場的小食部。

和我一同站在門口的還有去年同班的科長和幾個同學。新學年開始，我們被分配到不同班別。

「老師，如果你今年繼續教我們就好了。」我聽出了她對余老師的不捨得，因為我也一樣。

「恭喜你進入學習氛圍更濃烈的班別！」余

老師笑了笑繼續道，「剛開始會不習慣，余老師也在適應中。剛剛上課時，我問有沒有同學願意做我科長，居然無人舉手。如果你們在就好了……」

前科長提出建議：「如果可以跨班做科長就好了。余老師需要收功課、派功課，我們就過來這班幫忙，派完就回去。」

「余老師，如果你有分身術就好了，可以一併教我們班。」

亦有同學腦洞大開地提議：「如果學校拆了這道牆就好了，我們就可以坐在同一間課室聽你教書了。」

「余老師，剛剛我站起來偷看窗外，見到你和我四目相投，我以為你會走進我們課室，繼續教我們班。誰知道你的腳好像煞車掣失靈的自行車，繼續往前走。我整個人都不好了。」

余老師苦口婆心道：「你又『瞍』*老師？上一年上數學課，我忘記帶工作紙，下去教員室拿。我在樓梯就遠遠見到你『瞍』我，被我狠狠地罵了一頓。還不吸取教訓？」

我噗嗤笑了起來，說了句：「如果時間可以倒退，我還想被你再罵一頓……」

*「瞍」，粵音「莊」，即偷看的意思。

同學們喜歡上余老師的課，主要原因是同學們對余老師認識，彼此之間建立了一份師生情。正所謂「人夾人緣」，同學跟老師有師生緣，也是很難得的事。無論老師是否繼續指導學生，其實也無損師生的情誼。

最美味的午餐

張彩慧

校園隨着午膳鐘聲響起，陷入「亂中有序」的狀態。有的同學在走廊遊蕩，有的同學趁着轉課室的空檔去洗手間，有的同學回到課室等候派飯，有的同學去保安室領取家長送到學校的飯盒……

欣欣這天如往常一樣，來到保安室，可保安阿姨卻告訴她，見不到有貼她名字的飯袋。她慌了，「怎麼會？媽媽不是……」她再仔細回想早上媽媽氣若游絲說的話：「媽媽的胃不舒服，如果媽媽沒帶飯給你，你就自己去小食部買三文治。」

當欣欣兩手空空地出現在課室門口時，老師驚訝地問：「你的飯呢？」欣欣只好如實交代，然後走回自己的座位。

「你不能不吃東西的。」老師走到欣欣旁邊叮囑。欣欣沉默了。

鄰桌的馬尾辮女生把透明膠盒的蓋子遞給欣欣，上面盛有繞了好幾圈的牛肉番茄意麵，説：「麵好多，我吃不完，我們一起吃吧。」坐在角落的班長側着身子走到欣欣座位旁，嘴裏咬着雞翅，用叉子叉了幾條白菜心，往欣欣的透明盤子倒，説：「我知道你喜歡吃蔬菜。吶，雞翅的味道不錯，這一隻是給你的。」

還有幾個曾經陪欣欣留堂的友人擠上

來，不消一會兒，欣欣的桌面多了一個透明飯蓋，跟原先的那個同樣被堆成一座小山丘。平時習慣把飯壺放在手心舀飯吃的欣欣，今天不得已像小狗吃東西那樣，將頭埋進小山丘。

今天的飯菜也是如往常一樣的暖胃，但味道卻豐富了許多，其中一種味道是——「友情」。

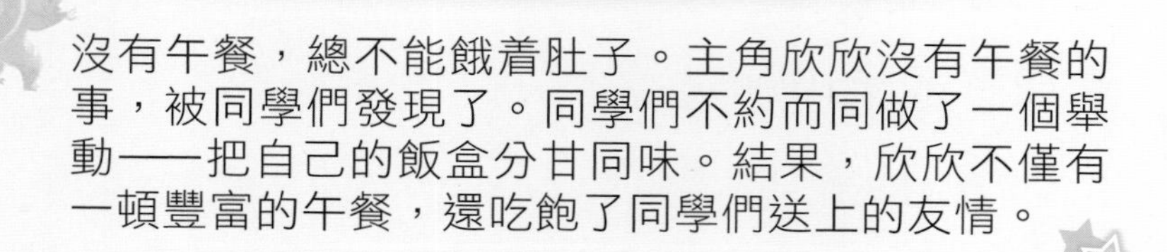

沒有午餐，總不能餓着肚子。主角欣欣沒有午餐的事，被同學們發現了。同學們不約而同做了一個舉動——把自己的飯盒分甘同味。結果，欣欣不僅有一頓豐富的午餐，還吃飽了同學們送上的友情。

變形朱古力

張彩慧

試後活動期間，芯芯參加了新加坡遊學團。她回港第一件事——到好友青青的家。

一拉開鐵閘，芯芯便拉着青青的手，彷彿她才是這裏的主人，然後一起坐到沙發上。當她開啟旅遊頻道前，她把裝有手信的木色紙袋遞給青青，青青把它放在電視機櫃旁邊。

當青青再次回到座位時，芯芯便和她分享夜間野生動物園的遊玩經歷——很特別，在夜間坐遊覽車看漁貓、果子狸、水獺、紅毛猩猩……不僅考驗視力，還要考驗膽量。因為車子的兩側是敞開的。青青說：「我不敢去看。」芯芯建議：「如果你在車上，可以坐在兩人的中間，這樣兩側就有『人肉護欄』了。」

夜間的温度是稍微涼爽了些，可白天卻是

如蒸爐般，自己都快要變成新加坡燒肉了。芯芯説酷愛拍照的自己懾服於那裏的天氣，她全程只拍了幾張照片，其中一張是在魚尾獅公園拍的「瞇眼照」。

「魚尾獅？」青青表示疑惑，「這是魚，還是獅子？」

「聽説是魚頭獅尾組成的虛構動物。」芯芯説，「我也不知道為什麼新加坡有那麼多動物，要選虛構的動物當代表物。」

「啊！我買了魚尾獅朱古力給你。」説着芯芯起身，往紙袋裏拿了外觀呈綠色的斑蘭味朱古力，「你可以試試。」

正當芯芯打開包裝，手指的觸感讓她察覺到朱古力已經融化變形——不再是代表新加坡的魚尾獅了，變成無法言喻的形狀。

「哈。朱古力變形了。」看到青青手中早已

變形的朱古力，芯芯只好描述這個事實，聲音裏帶着一絲尷尬。

「這『友愛』形狀的朱古力。我很喜歡。」青青邊說，邊將它掰成小塊，往嘴裏投。

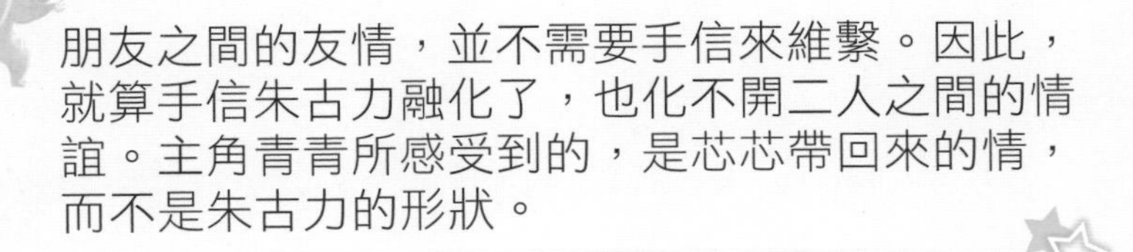

朋友之間的友情，並不需要手信來維繫。因此，就算手信朱古力融化了，也化不開二人之間的情誼。主角青青所感受到的，是芯芯帶回來的情，而不是朱古力的形狀。

摯友

張彩慧

夜漸漸深了，校園進入休息狀態。寢室裏的同學，卻在黑夜裏開始輾轉反側。這是他們進入國際學校，體驗寄宿生活的第一晚。學校微涼的空氣中，偶爾穿插幾下窸窸窣窣的哽咽聲。晴的枕頭旁有一個陳年舊物——天線寶寶，它彷彿知道這哽咽是代表「想念」——想家。

晴是獨生女，自幼便學懂自己和自己玩的技能，甚少煩擾忙於工作的父母。當遇到心事的時候，她會告訴這唯一的家中摯友——小波。當眼淚不由自主地滴在枕布，滲入枕棉時，她想起白天為她收拾行李的媽媽。

媽媽將最後一件外套都塞進行李箱後，

半跪用膝蓋壓住已經無法輕易合攏的箱子。這時，晴抱着自己的「老友」跑到媽媽跟前，説道：「媽媽，別遺漏了小波。」媽媽苦笑道，並在心裏重新掂量這件舊物——這是放在屋邨婆婆的地攤上，小朋友也不會多望一眼的物品。

當初，「小波」擺放在玩具店櫥窗的當眼位置，晴一下子就看中了——白皙的臉、清晰的五官、具光澤的容貌。「小波」現在猶如長年沒有擦防曬乳液，臉早已泛黃；而身上的紅色絨布，已蓋上一層被歲月磨平的痕跡而顯髒。

媽媽唯有將薄外套抽出，想用「小波」填滿僅餘的空位，誰知還是困難重重。於是媽媽問晴可否將裝着泡芙和威化餅的零食袋取出來，晴猶豫了一下，之後還是點了點頭。

當行李箱兩個拉鍊扣貼合時，媽媽隨即鬆了一口氣，說：「大功告成！」好像順利把陪伴的重任再次交給「小波」似的。

許多小朋友都有陪睡的娃娃，由小陪伴到長大。這個娃娃已成為了自己生活的一部分，成為了自己最親的「朋友」。主角晴，為了要陪睡朋友「小波」，寧願不要零食，也不會丟下她的好朋友呢。

鄰情篇

樂樂的新鄰居

文婷

樂樂將最愛的玩具熊送給了好朋友安妮，又將一堆舊書籍送給了強強，便揮手告別了歡樂小區的朋友，然後踏上了去新家的旅途。可是，才剛在新家住了一星期，樂樂已感到不開心。

新家隔壁住着一個胖胖的叔叔，早晨上學，樂樂剛想跟他打招呼時，只見大叔穿着白色背心，把胖胖的肚子露了出來，還皺着眉，不耐煩地撓了撓頭。於是，

樂樂剛想張大的嘴巴便合了起來。樂樂覺得這個叔叔好兇。

新家斜對門住着個大哥哥，每次當樂樂經過他家門口時，樂樂總會聽見他兇神惡煞地大喊着：「哎呀，你好笨！你都練了這麼多次了，還是這麼菜！」

轉了學校，校舍很漂亮，但樂樂總是孤零零的。想起以前在小息時，他和朋友們一起開心地在操場上奔跑，一起做功課⋯⋯想到這裏，樂樂的眼眶就紅了起來，這裏一點都不好，他想要回到歡樂小區去住。

直到有一天，樂樂上學快遲到了，正當他緊張地衝向電梯口，電梯裏的人突然笑了。樂樂看了看周圍，發現他們都在看着自己，低頭才發現他穿了雙拖鞋便出門了，正當他不知如何是好時，那個胖胖的叔叔說：「別怕，你回家換鞋，叔叔會駕車載你去學校。」

樂樂那天真的沒有遲到，他再次遇見了那個早上皺着眉的胖叔叔，他還是皺着眉，打着呵欠，但是當樂樂跟他說早上好的時候，他咧開嘴笑了，樣子就像多啦A夢裏面的胖虎。

樂樂還知道，斜對門的大學生哥哥很喜歡打遊戲；小區裏有免費的功課補習班……。

我在這裏認識了很多新朋友，樂樂在他寄給安妮的信上寫道。

在未適應新社區之前，的確是會掛念昔日的好朋友。然而，每個地方都一定有不少好人。就像小說的主角樂樂一樣，只要適應下來，就會知道：在他身邊的，都是好鄰居。

巫婆

曾映如

「 原來住在我們對面的『巫婆』沒有想像中恐怖。」莉莉擋在報紙前，強迫爸爸聽她的故事。

爸爸問 :「 為什麼？你之前不是說她又老又醜？」

「對呀！她真的很老，面上的皺紋多到數不清；腳也提不起，走路的時候總會『擦擦』作響，在安靜的電梯大堂聽到她緩慢的拖鞋聲，我就覺得很可怕了。」莉莉娓娓道來。

「 為什麼現在又不怕她呢？」

「 之前覺得她像巫婆是因為她經常板着臉，我每次跟她打招呼，她都不回應，就像討厭小孩的巫婆。」莉莉繼續說。

「 為什麼現在她又不像巫婆呢？」

「別心急，我正準備解釋呢！」對於爸爸熱切的追問，莉莉感到很滿意。

「今天我準備帶小吉去散步的時候沒有抓緊狗繩，牠一出門便跑到巫婆家門外吠叫，我馬上摀住小吉的嘴，但已經太遲了，巫婆打開木門，看見鐵閘外的我，正當我以為她要責罵我的時候，你猜猜她跟我説什麼。」

「快滾？」

「不對。她竟然拉開鐵閘輕撫小吉，甚至對小吉笑呢！她還問我小吉叫什麼名字，但她耳朵不靈光，我説了三遍，她才聽明白。」莉莉無奈地説。

「所以她也喜歡狗？」

「對呀！但她的小狗在幾年前就去了『彩虹橋』，所以她見到小吉很開心。原來她笑起來和外婆一樣好看。」莉莉跑去撫摸小吉。

「所以你以後還叫她『巫婆』嗎？」

「不！她叫陳婆婆，她一個人住，很寂寞，我和小吉要多過去探望她。」莉莉抱起小吉，用小吉的手向爸爸招手。

獨居老人向來是要特別照顧的族羣。故事中的小主角，由原來害怕鄰居老婆婆，到喜歡親近老婆婆，實在是好事。除了體現和睦的鄰里關係外，也可以幫忙照顧獨居長者。

失蹤了的梁叔叔

徐振邦

我經過屋邨的公園時，看見遠處的燈柱上，張貼了一張疑似告示的紙張。

「這是尋貓啟事，還是又有人被追數的通知？」我自言自語地說。

在好奇心的驅使下，我走近燈柱，看看究竟是什麼告示。我望着告示，嚇了一跳：「尋人？這位失蹤人士，不就是梁叔叔嗎？」

梁叔叔住在我家樓下，臉上總是掛着笑容，喜歡逗小孩子，還經常買糖果給附近的小孩子吃。屋邨內的小孩子，都很喜歡他。

告示上清楚寫着，梁叔叔已失蹤兩日，當時身穿藍色恤衫，黑色長褲，配上白色波鞋。

我猛然醒起：「兩日前，我在巴士站遇到梁叔叔，他曾經告訴我，準備到附近的小山崗晨運。」他當時是穿着這樣的服飾嗎？可是，我沒有印象了。

於是，我馬上聯絡住在附近的幾個好朋友，組成了「尋人小隊」，在大人的陪伴下，準備登山進行搜索。

在登山的路上，我們見到不少街坊，有些人隨即加入了尋人小隊。我們浩浩蕩蕩在小山崗上走着，不經不覺已走了三小時，然後返回了起點。

「尋人小隊的任務失敗了嗎？我們是徒勞無功嗎？」其中一位尋人小隊成員問我。

坦白說，我不知道應該怎樣回應。

就在眾人商議下一步的行動時，我們收到了最新訊息：「找到梁叔叔了。」

原來，梁叔叔獨自登山晨運時，意外跌下山坡，傷了足踝，手提電話也不知道丟到什麼地方。在被困山中兩日後，終於被民安隊尋回，並送到醫院治理了。

為免意外再次發生，由我們一眾小孩組成的尋人小隊，決定改名為「晨運小隊」，逢星期六的上午，陪同梁叔叔一起登山晨運。

獨自登山，的確容易發生危險。為免意外再度發生，小朋友自行組成晨運小隊，陪同梁叔叔上山。這不僅是一項有益身心的活動，也可以看出小朋友與梁叔叔之間，有着深厚的情誼。

颱風天

張彩慧

方方和糖糖是老師眼中形影不離的好朋友，這源於她們不僅是同班同學，而且住在同一棟樓的緣故。班上不少同學都羨慕她們，無論什麼時候，都可以有朋友陪自己玩——尤其是颱風天。

今年的開學頗特別，當大家已做好了開學的心理準備時，在前一天卻收到颱風即將登陸，學校會停課的通知。方方和糖糖慶幸多了一天假期，可以延續暑假的尾巴，約上這棟樓的夥伴，在大廈裏玩捉迷藏。

方方猜拳猜輸了，她在六樓的升降機口倒數十聲。當她喊數字十的叫聲還沒落下，夥伴們便作鳥獸散，躲到自認為安全而又隱蔽的地方。

糖糖隨着升降機來到大廈門口的保安處。保安王阿姨見到她，以為她要出去，意圖阻止她：「外面打風啦。」

糖糖把食指貼近嘴唇，降低音量：「我們在捉迷藏呢。」

她坐在管理處新安置的座位上，以為印了「管理處」紅字的透明屏風能擋住自己，於是安心地和王阿姨一起看電視新聞。

「阿姨，八號風球你們沒放假嗎？」糖糖不太懂得電視新聞上的字，但「全港學校今日停課」這則宣布她認得清清楚楚。

王阿姨呵呵地笑道：「我又不是學生。」

電視機隨即將鏡頭轉到身穿青色熒光制服的清潔老伯，記者採訪市民對這次颱風的感受，老伯話語裏透着埋怨：「老實說，我不希望颱風天。颱風過後有太多雜物要清理了……」

糖糖吃着方才王阿姨塞給她的糖果，繼續靜靜地仰視前方的電視新聞。方方在附近樓層走了一圈，仍沒找到夥伴，於是下來保安處找王阿姨，不料卻讓她找到糖糖，兩人四目相接、會心地笑了。

許多小朋友都愛玩捉迷藏。究竟躲在哪兒較舒服呢？當然，小朋友只會找一個令自己最安心的地方。哪裏才是最安心？肯定是他們最喜歡的地方。故事中的主角，不約而同去了保安阿姨那處，足以證明小朋友和保安阿姨的關係很好。

停在頭上的蜻蜓

張彩慧

夏日的午後瀰漫難以消散的悶熱，在房間用「人頭模型」編髮的李圓圓把陣地轉移到客廳，並把大門打開，用靠椅頂住，好讓走廊上的風可以隨着鐵閘的縫隙吹進屋子，省下開啟冷氣的費用。敞開大門彷彿是住户夏日常見的狀態，對面的田田家也是打開了門。這讓專注編髮的李圓圓一心二用，時不時聽見田田看的卡通片對白，偶爾穿插田田和媽媽在學校文化周的「古裝日」打扮的對話。

「媽媽，我不要紮馬尾辮。」田田表示不同意。

「我只會紮馬尾辮。」媽媽只好表示自己能力有限。

「馬尾辮也好看，簡簡單單。」媽媽嘗試說

服田田，但不成功。田田噘着嘴，用筷子夾起一團團的飯，似乎想塞滿「不滿」的肚子。

夏日的風吹來了佳音，李圓圓呼喚着田田，喊道：「田田，你學校在什麼時候舉辦古裝日？」

「後日。」

「姐姐可以幫你盤髮。」

古裝日那天早上，田田一起床到李圓圓家中，請她盤髮，久未早起的李圓圓竟然比鬧鐘還搶先一步甦醒。她從廚房拿來一根筷子作為支架，從馬尾辮裏挑兩束頭髮繞過筷子，成為蜻蜓的長翅膀。

接連數日的下雨天後，在屋邨社區大會堂後面那片樹林低飛的蜻蜓，停留在田田的頭上——這是鄰居姐姐幫她編的蜻蜓髮式。「蜻蜓女孩」成為田田今日的稱呼，別樣的盤髮為她收穫了大大小小的讚美。

到了晚上，媽媽想幫田田拆了頭上的蜻蜓，田田拒絕：「不要！我想把它留下來。」就這樣，兩隻小蜻蜓輕盈地飛進了田田的夢鄉。

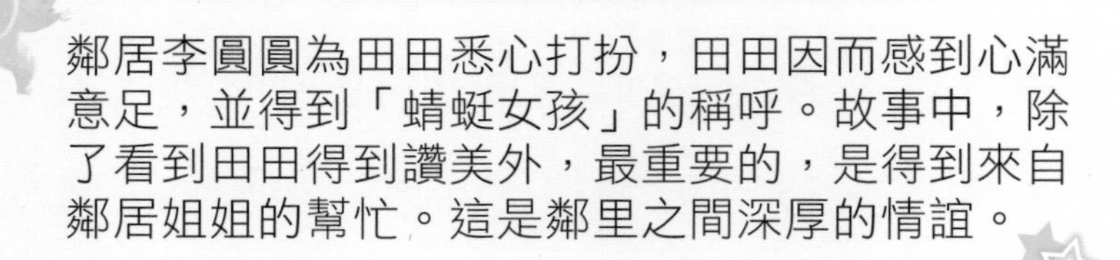

鄰居李圓圓為田田悉心打扮，田田因而感到心滿意足，並得到「蜻蜓女孩」的稱呼。故事中，除了看到田田得到讚美外，最重要的，是得到來自鄰居姐姐的幫忙。這是鄰里之間深厚的情誼。

李婆婆的孫子

張彩慧

「蔡寶，等等！」剛鎖上大門的李婆婆遠遠見到蔡寶矯健的身影，就用力喊，絲毫沒有想過這音量會否擾民。

當李婆婆急步走進升降機時，才知道升降機內還有一位背着背包準備上班的婦人。「謝謝。」李婆婆表示謝意。

「婆婆，我先去打籃球，之後我們直接去隆興酒樓等？」「好。」

聽到二人對話的婦人加插了一句：「你的孫子很乖巧，週末早起陪你飲茶。」婆婆只是哈哈笑，沾沾自喜。

「早晨，和孫子去飲茶？」一張陌生的臉見到有一老一少迎面而來。

「我先去晨運。」李婆婆答非所問，說着便

揮起兩隻手，似乎開始熱身。蔡寶抱着籃球徑直往籃球場跑。

做運動的時間總是過得飛快。李婆婆和蔡寶先後來到酒樓，兩人找了一個四人座位。侍應大姐見到一老一少，便搭訕：「你孫子很乖，會陪你來飲茶。」

「哪有？是他喜歡飲茶而已。」說完，然後還再問蔡寶：「是不是？」確保自己說的是真話。

「幸好你願意早起做運動，你看看你爺爺，頂着大西瓜肚。早前，我叫他跟我一起去耍太極，他都沒來。」

「你喜歡的蝦餃。」說着便夾到蔡寶的碗裏，而蔡寶眼睛只顧着玩手機。

「婆婆，你玩不玩這個聯機遊戲？」

「三國聯盟？」李婆婆見到封面的秀氣版

周瑜，便從小袋子摸出一部手機，準備下載，接着說：「先吃點心，之後有時間你再教我玩。」

不到一刻鐘，兩人就把幾籠點心吃掉，隨後頂着鼓起的肚子啟程回家。升降機抵達九樓，這次蔡寶和李婆婆並肩走，到了走廊盡頭，兩人掏出鑰匙，背對着，走進各自的家。

一個老婆婆和一個小朋友，兩人只是鄰居的關係，但彼此儼如一對婆孫，感情關係好得令人羨慕。這種鄰居之間的愛，表現得自然而親切，實在難得。

鄰・家

張彩慧

今早蔡氏夫婦去補牙，於是將兒子蔡寶「寄存」在章家。傍晚他們剛抵達家中，便帶上海苔肉鬆捲前往鄰居章家，帶自己的兒子回家吃晚飯。章家夫婦的熱情邀請下，他們只好留在章家用餐。

「章天，快過來幫忙拿碗筷。」

章天還在房間和網友廝殺，蔡寶迅速跑到廚房，充當起「小主人」的角色，一樣接着一樣地拿往飯桌，擺起碗筷來。

「媽媽，你要吃飯嗎？」蔡寶頭一回問蔡媽。

「要，半碗就夠了。」蔡媽看着舀飯的兒子，感覺頗為陌生。

等到章媽刷洗完雙耳鍋，脱掉圍裙，坐到

桌子旁，眼看章天的座位還空着，她剛坐下後又站了起來，這時，章天終於邁出自己的房間了。

「今天蔡寶麻煩你啦。」蔡媽邊說邊夾了幾片荷蘭豆給章媽。

「不麻煩，蔡寶很乖巧，倒是幫了我不少忙。今天我叫不動章天帶『餅狗』下去樓下散步，多虧了蔡寶……」章媽準備吃荷蘭豆，想起來，說：「連荷蘭豆也是蔡寶幫忙撕掉粗梗的。」

「蔡寶要是一直『寄存』在你家就好了，吃飯不用我煩心。」眼看蔡寶碗裏的飯只剩下幾口，蔡媽感到滿意。

「我吃飽了。」蔡寶把不剩一粒米粒的碗放進鋅盆，回過頭還挪好椅子。看到這裏，蔡爸都忍不住誇兒子：「好乖。」

晚飯後，蔡氏一家三口便回自己家，蔡寶第一個從沙發上站起來和章爸章媽打招呼：「伯父伯母，我們回家了。謝謝你們。」

在等升降機的時候，蔡寶已和媽媽拿鑰匙，閘門一開，徑直沖到家門口，成為第一個進屋子、攤在沙發的人。

「回到家，可以躺平了。」

蔡爸蔡媽看到這一幕，哭笑不得。

許多小朋友在家中，是一個寶，不用做家務。主角蔡寶亦是一樣，在家中只是躺平。然而，主角在別人家中，卻表現得很乖巧，幫忙做了不少家務。從另一個角度來看，也是主角的父母對他照顧周到，是父母愛孩子的表現。

牧童笛的和唱

曾映如

東東一向欠缺音律感，手腳也不太協調。由於在小學三年級開始，每位同學都必須學習牧童笛，還要參加音樂課考試。當他知道這個「噩耗」後，就加緊在家練習。

「瑪…瑪莉有隻…瑪莉有隻小綿羊，小綿羊……」他坐在窗旁練習「入門曲」，可惜無法兼顧看譜和移動手指，所以頻頻跑調。當他看着樂譜，感到十分氣餒時，耳邊忽然傳來悅耳的音樂，是悠揚的牧童笛聲。東東馬上探頭四處張望，原來是住在對面單位、低一層的「大哥哥」。

大哥哥在窗旁舉起牧童笛，向東東招手。東東馬上豎起拇指，眼神充滿敬意。大哥哥拿着牧童笛，指着笛上的洞口，示意東東按住洞口時必須堵塞整個洞口，才不會跑調。東東再次吹奏笛子，雖然跟不上節奏，但跑調的情況大大減少。演奏完畢後，他馬上探頭望向相距只有五、六米的大哥哥，大哥哥微笑點頭，似乎是讚美東東的進步。

從那天開始，東東愛上了練習牧童笛，每次吹奏完畢都會尋找大哥哥的身影，大哥哥有時會以笛聲和應，有時會以微笑和掌聲回應。就是這樣，獨生的東東彷彿多了一個哥哥。

✦✦✦✦✦

升降機門打開，身穿白色汗衣、藍色牛仔褲的年輕人走進來，他看見拉着行李箱的東東，說：「早晨！去旅行嗎？」

「對呀！去日本。」東東說。

「再見，一路順風。」年輕人戴上耳機，步出了升降機。

「不要隨便跟陌生人搭話，很危險的。」媽媽告誡東東。

「他不是陌生人，是我的『牧童笛老師』。」東東笑着說，媽媽卻一臉茫然。

東東得到鄰居的幫忙，在演奏牧童笛的表現上大有進步。兩個人從不認識到成為好朋友，可算是二人之間的秘密，東東的媽媽亦被蒙在鼓裏。在不明所以的情況下，媽媽勸告小朋友不應該跟陌生人對話，但她並不知道，二人的關係是很好的呢。

最美模特兒

張彩慧

升降機門開了，女人用腳下的高跟鞋邁出清脆的交響樂，成為這場即將上演的夏日時裝表演前奏曲，但這是在她不知情的情況下有的和諧畫面。直到她邁進家門，見到女兒披着她的淡粉花紋披肩，她用尖到可以刺穿大廈頂端的嗓門喊道：「嘉美，你在做什麼？」

嘉美化眼粧的手忽然抖了一下，眼影移位了。嘉美在媽媽的勒令下，除掉不合腳的高跟鞋，脫下粉色旗袍和披肩，只剩下頭上戴的玲娜貝兒的髮箍。嘉美原本想在這場和小夥伴們密謀已久的時裝表演裏勝出，沒想到現在卻變成了「曠演」的局面。

她把私自「借」來的物品還給忽然早歸的媽媽後，便頂着未完成的粧容下去一樓找保安王阿姨——王阿姨不單是這個比賽的評審員，還是這場時裝表演的宣傳。坐在大門旁邊的王阿姨花了大半個月熱情邀請潛質模特兒參與這個比賽，才讓比賽得以順利進行。

隨着升降機的門打開，模特兒們一一現身，第一個是用彩虹傘布做成半身裙的「傘姑娘」，再來是身穿白色紙巾婚紗的「待嫁女子」，之後是用被單披在身上的白袍王子……

嘉美看到換裝後的他們，眼睛都快掉出來了。這讓臨時成為評審團的她陷入了選擇困難症的沼澤地中，她不

得不詢問王阿姨的意見。

她聽到冠軍人選後不服氣，總覺得傘姑娘甄晴不應該獲得冠軍，因為身上的裙子有生鏽的痕跡。

王阿姨不緊不慢地說：「她是最美的模特兒。因為每次見到她，她都會和周圍的人熱情地打招呼，入升降機後，也會等候手腳不便的公公婆婆，有時更會禮讓推垃圾簸箕筐的阿姨先進去……」

甚麼是最美？從來沒有定義。正所謂「心美即人美」，是指發自內心的美，比天生麗質的美，好得多了。所以，故事中的最美模特兒，不一定指在裝扮上的美，而是在行為舉止上的美。

早餐計劃

徐振邦

有調查顯示：許多學生都沒有吃早餐的習慣。

歸根究柢，除了有學生遲起床，沒有足夠的時間吃早餐外，還有一個很現實的情況是：早餐太貴了。

到茶餐廳吃早餐動輒要三十元，就算只是一個麵包配一盒鮮奶也不少於十元。對於許多低收入的家庭來說，早餐的費用是難以負擔的支出。

有住在小區的商人發起廉價早餐優惠，只要是品學兼優的學生，就可以用五元得到一份營養早餐：腿蛋三文治配脫脂牛奶，或焓蛋兩隻配牛奶麥皮。結果，這個早餐計劃大受歡迎，許多學生都用優惠價換取早餐一份。

有傳媒追訪小區的學生——

「我以前是不吃早餐的，但現在我只用五元就得到營養早餐，很超值。」

「有廉價早餐之餘，還令我有動力好好學習，繼續做到品學兼優。」

「這個早餐計劃令大部分學生都得到充足的養分，精神飽滿。」

記者訪問了幾十人，幾乎所有學生的答案都覺得這個計劃安排得很好。然後，記者找到商人，問道：「學生的品學兼優有什麼標準？」

「沒有標準。」

「豈不是人人都可以得到優惠早餐？」

「是的，這本來就是我的目標。」

「這麼的話，不是要有很大支出？」

「這是值得的。」

「全部費用都是由你支持？」

「小區內還有不少善長人翁資助的。」

「他們的資助足夠嗎？」

「難道你不知道，這個小區的人都是愛心泛濫的嗎？就算再派多些優惠早餐，短期內都不會構成財政壓力的。」他笑了笑說，「沒有小區人士的資助，我的早餐計劃根本是行不通，他們才是早餐計劃的最大功臣。」

社區上所有慈善活動，是不可能由一個人全力承擔。只要有一個人能鼓起勇氣，擔當活動的主持人，自然會有不少善長人翁接力支持。這就是社會上的大愛精神。

好孩子系列 **閃耀的童年 2**

作者：徐振邦、張彩慧、文婷、曾映如
繪者：藍曉
主編：香港閃小説學會、明報教育出版編輯委員會
責任編輯：譚麗施
編輯：張珮瑜
美術主編：陳皚瑩
美術設計：梁穎嘉

總經理兼出版總監：劉志恒
行銷企劃：王朗耀、葉美如
出版：明報教育出版有限公司
香港柴灣嘉業街 18 號明報工業中心 A 座 15 樓
電話：(852) 2515 5600　　傳真：(852) 2595 1115
電郵：cs@mpep.com.hk
網址：http://www.mpep.com.hk
印刷：創藝印刷有限公司
香港柴灣利眾街 42 號長匯工業大廈 9 樓
初版一刷：2024 年 3 月
定價：港幣 68 元｜新台幣 305 元
國際書號：ISBN 978-988-8796-59-5

補購方式

網上商店

- 可選擇支票付款、銀行轉帳、PayPal 或支付寶付款
- 可選擇郵遞或順豐速遞收件

mpepmall.com

電話購買

- 先以電話訂購，再以銀行轉帳或支票付款
- 訂購電話：2515 5600
- 可選擇郵遞或順豐速遞收件

讀者回饋

感謝你對明報教育出版的支持，為了讓我們能更貼近讀者的需求，誠邀你將寶貴的意見和看法與我們分享，請到右面的網頁填寫讀者回饋卡。完成後將有機會獲贈精美禮物。數量有限，送完即止。

mpep.com.hk/childhoodflashfiction